KB116758

KARMA

너무 늦기 전에 들어야 할 **카르마 강의**

너무 늦기 전에 들어야 할 카르마 강의

1판 1쇄 발행 2021. 6. 30.
1판 3쇄 발행 2023. 5. 1.

지은이 최준식

발행인 고세규
편집 이한경 디자인 조명이
발행처 김영사
등록 1979년 5월 17일(제406-2003-036호)
주소 경기도 파주시 문발로 197(문발동) 우편번호 10881
전화 마케팅부 031)955-3100, 편집부 031)955-3200 | 팩스 031)955-3111

값은 뒤표지에 있습니다.
ISBN 978-89-349-8842-7 03810

홈페이지 www.gimmyoung.com   블로그 blog.naver.com/gybook
인스타그램 instagram.com/gimmyoung   이메일 bestbook@gimmyoung.com

좋은 독자가 좋은 책을 만듭니다.
김영사는 독자 여러분의 의견에 항상 귀 기울이고 있습니다.

본문 사진ⓒ김홍희

너 무 늦 기 전 에 들 어 야 할 **카 르 마 강 의**

최준식 지음

김영사

지금이 가장 좋은 순간

저는 지금부터 여러분과 '카르마karma'에 대한 이야기를 나누고자 합니다. 카르마는 불교와 함께 소개된 용어입니다. 외래어인 산스크리트어임에도 불구하고 우리 한국인도 일상에서 적지 않게 쓰는 단어이지요. 한자로는 '업業'이라고 합니다.

카르마는 인간이 하는 모든 일을 뜻합니다. 그런데 내가 하는 모든 일, 즉 카르마는 그게 '원인'이 되어 반드시 일정한 '결과'를 만들어냅니다. 우리가 많이 쓰는 '업보業報'가 바로 그런 의미를 담은 단어입니다. 여기서 '보'는 결과(과보)를 의미하지요. 업보는 이렇게 '원인業과 결과報'를 뜻한다고 할 수 있습니다. 전통 불교에서는 이러한 모습을 '인과응보의 법칙'이라 이르기도 합니다. 원어의 맛을 살려 표현하면 '카르마 법칙'이 되겠지요.

이 책은 우리 인간이 지은 '카르마'(업)와 그에 따라 한 치의 오차도 없이 작동하면서 우리의 삶을 인도하는 '카르마 법칙'에 관한 이야기입니다. 카르마의 법칙은 여러분이 생각하는 것보다 훨씬 더 중요합니다. 특히 자신의 삶을 진지하게 살고 싶은 사람이라면 우선적으로 습득해야 할 가장 중요한 정보라 할 수 있습니다. 더 나아가 사는 동안 진정한 행복을 얻고자 하는 사람이라면 반드시 알아야 하는 법칙입니다. 세속에 영합하면서 재물이나 지위를 성취하는 것으로 행복을 구하려는 게 아니라 내면으로 진실한 행복을 찾고자 한다면 꼭 알아야 하는 법칙이라는 말입니다.

잘 아시다시피 돈이나 명예, 지위, 물욕 등 세속의 것을 향한 인간의 욕망은 끝이 없습니다. 안타깝지만 죽을 때까지 절대 채워지지 않습니다. 그런 것들을 성취하여 얻은 행복은 야속하게도 잠시뿐입니다. 우리는 곧 더 크고 더 좋은 것을 바라게 되지요.

그러나 이런 세속의 문제가 아닌 궁극의 문제를 알고 해결하면 비로소 꽉 찬 진정한 행복이 찾아올 것입니다. 카르마의 법칙은 이 일이 가능하도록 우리를 공정하게 인도하고 있습니다. 그러니 카르마 법칙을 알고 이해하는 일이 얼마나 중요하겠습니까? 우리가 진실로 행복한 삶을 살고 성공적으로 마무리하는 한편 나아가 영적인 성장까지 도모할 수 있다면 더 바랄 게 있을까요?

우리는 누구나 고유한 과제(숙제)를 갖고 이 세상에 태어납니다. 이것을 한자로 명命이라고 표현해도 그리 틀리지 않습니다. 각자의 과제를 풀기 위해 이토록 힘든 지상에 온 것입니다. 이 과제는 사람마다 천차만별이라 일률적으로 무엇이라 말할 수는 없습니다.

가령 어떤 사람은 자기와 가까운 사람에게 은혜를 갚기 위해 태어날 수도 있고 어떤 사람은 전생에 잘못한 일을 참회하러 태어날 수도 있습니다. 그래서 내가 가지고 온 과제가 무엇인지를 파악하는 일은 매우 중요합니다. 그걸 알아야 이 생이 얼마나 소중한지를 깨닫고 지금 주어진 환경에서 무엇을 어떻게 하며 살아야 할지에 대한 답이 나오기 때문입니다. 자신이 가져온 과제가 무엇인지를 아는 데에는 여러 가지 방법이 있습니다. 그중에서도 스스로의 카르마를 알아내는 것이 가장 좋은 방법이라 할 수 있습니다. 그래서 카르마 법칙을 아는 일이 중요하다고 한 것입니다.

우리는 저마다 태어날 때부터 각기 다른 조건(환경) 속에서 살아갑니다. 그런데 그 상황은 계속해서 바뀝니다. 여기서 꼭 알아야 할 것은 자신이 처한 모든 상황은 카르마 법칙에 따라 내가 스스로 선택하여 가지고 온 과제를 성공적으로 풀기 위한 최선의 상황이라는 사실입니다. 그것이 좋은 상황이든 나쁜 상황이든 마찬가지입니다.

이렇게 업보, 즉 카르마 법칙은 철저하게 중립적입니다. 그럼에도 불구하고 대부분의 사람들은 이 법칙에 관한 정보가 부족한 탓에 카르마 법칙을 벌을 주는 법칙으로 이해하고 있는 것 같습니다. 일상에서 종종 쓰는 '다 내 업보 때문이야'라는 식의 표현만 봐도 그렇습니다. 이는 정확한 정보가 아닙니다.

카르마 법칙은 절대로 징벌을 주는 법칙이 아닙니다.

이 법칙은 당사자에게 그가 쌓은 수많은 카르마를 소멸하고 과제를 해결할 수 있는 최적의 조건을 만들어줍니다. 지금 내가 처한 상황이 아무리 힘들고 좋지 않다고 해도 거기에는 반드시 카르마 법칙이 전하려는 메시지가 있습니다.

예를 들어 내가 장애를 갖고 태어났다거나 갑자기 불치의 병에 걸렸다고 해도 그것은 누군가를 원망하거나 탓을 할 일이 전혀 아닙니다. 왜냐하면 내 사정이 그렇게 된 데에는 균형을 잡고 교훈을 주어 나를 영적으로 더 성장하게끔 인도하는 카르마 법칙의 배려가 숨어 있기 때문입니다. 인간이 마침내 도달해야 할 최종 목적지를 향해 옳은 길로 가게끔 안내하고 있는 것이라는 말입니다. 그래서 어떤 상황에 있든지 간에 '지금이 항상 최고다'라고 할 수 있습니다.

그렇다면 나는 이번 생에 어떤 카르마를 선택하여 가지고 왔을까요? 또 카르마 법칙은 내게 어떤 메시지를 주려고 하는 것일까요? 이를 알아내려면 우선 카르마 법칙이 어떻게 돌아가는지부터 제대로 파악해야 합니다. 그다음에 이 법칙에 비추어 자신의 삶을 반추해 보아야 합니다.

카르마 법칙에 내 인생을 적용해 보면 나의 카르마를 알 수 있습니다. 이번 생에 반드시 풀어야 할 숙명의 과제도 알게 됩니다. 그 구체적인 방법과 과정은 이 책의 뒷부분에서 다루었는데 간단하게 미리 보면 이런 것입니다. 우선 나에게 가장 중요한 인연은 누구인지, 내가 진짜 좋아하고 싫어하는 일은 무엇인지, 지금까지 내게 일어난 사건 중에 무엇이 가장 중요한지 등에 대해 진지하게 자가自家조사를 합니다. 그리고 나서 그 하나하나에 카르마 법칙을 차분히 적용해 보면 나를 둘러싼 여러 사안과 사건에 도도하게 흐르고 있는 카르마 법칙을 어느 정도 읽어낼 수 있습니다. 그 과정에서 내가 왜 지금 이런 환경 속에 살고 있는지는 물론이고 이번 생에 품고 온 가장 중요한 과제가 무엇인지 등을 자연스럽게 알게 될 것입니다.

그런데 만일 여러분이 자신의 카르마를 몰라 이번 생의 과제를 풀지 않고 임종을 맞이한다면 어떻게 될까요? 해야 할 일을 하지 않고 죽으면 어떻게 되느냐는 말입니다. 답은 아주 간단합니다. 카르마 법칙에 따르면 우리는 이번 생에 풀지 못한 과제를 해결하러 이 지상에 다시 태어나야 합니다. 또 다른 미해결 과제도 수북이 쌓여 있으니 그것들을 다 풀려면 고통으로 가득 찬 이 사바세계에 또 와야 합니다. 그러니 우리는 적어도 이번 생의 과제를 무사히 해결하여 지상에 오는 횟수를 줄여야 합니다. 여러분은 설마 이 고해의 세상에 다시 오고 싶습니까?

반복해서 다시 태어난다는 것은 흡사 학교를 다니면서 유급을 당해 똑같은 학년을 다시 다니는 것과 같다고 하겠습니다. 그런데 동일 학년을 한 번 두 번 더 다닌다고 해서 다음 학년으로의 진학 시험을 면제받지는 않습니다. 반드시 다시 시험을 치러서 과락科落을 면하고 통과해야 비로소 한 단계 높은 학년으로 진학할 수 있습니다. 만일 공부를 잘해서 시험도 잘 보고 학교생활도 성실히 한다면 학년을 몇 단계씩 뛰어넘는 월반도 할 수 있겠지요. 앞으로 자세히 보겠지만 카르마 법칙도 마찬가지입니다.

우리가 해당 생에 주어진 카르마를 해결하지 않고 생을 마감하면 그 카르마는 그대로 남아 언제일지 모를 다음 생을 기약합니다. 절대로 없어지지 않습니다. 그것을 해결해야 또 다른 카르마를 소진할 기회를 얻을 수 있습니다. 물론 이번 생에 옳은 길을 찾아 여러 카르마를 한

꺼번에 성공적으로 소멸시킨다면 환생의 횟수도 줄 뿐만 아니라 엄청난 영적 성장을 이룰 수 있겠지요. 그 과정에서 무한한 행복과 기쁨을 느끼는 것은 물론입니다.

이러한 시각에서 보면 지금 여기에서 살고 있는 우리는 모두 유급 인생입니다. 내가 이 지상에 태어난 것은 아직 통과하지 못한 시험이 있는 것이니 말입니다. 우리는 자신에게 부과된 문제를 풀기 위해 이 '빡센' 지상에 오는 것인데 그 문제를 풀지 않고 '딴짓'만 하다 가기를 반복했으니 이렇게 또 와 있는 것입니다.

왜 이런 일이 벌어질까요? 과제를 푸는 일이 쉽지 않기 때문입니다. 그러나 더 큰 문제는, 대부분의 우리가 자신이 가지고 온 과제가 무엇인지를 아예 모르고 살고 있다는 사실입니다. 설사 자신의 과제를 의식적으로든 무의식적으로든 알게 되더라도 그것은 고통스러운 일이라 직면하기 싫을 수도 있습니다.

그래서 우리는 환생할 때마다 그 과제들을 외면한 채 세속적인 쾌락에 젖어 살다가 황망하게 생을 마감하고 마는 것입니다. 다시 태어날 때마다 이번에는 과제를 꼭 해결하겠다는 다짐을 품지만 또 잊고 평생 '같은 일'을 반복하다가 생을 마감합니다. 오히려 카르마를 눈덩이처럼 더 크게 불려서 갈 수도 있습니다. 이게 바로 불교에서 말하는 우리, 즉 평범한 중생들의 삶일 것입니다. 생사윤회의 쳇바퀴를 벗어나지 못하고 똑같은 고통을 받고 있는 것이지요.

이 쳇바퀴를 탈출할 수 있는 최선의 방책은 앞서 말한 것처럼 자신이 지은 카르마를 알고 그것을 적극적으로 해소하는 일일 것입니다. 여기서 가장 중요한 것은 까맣게 잊고 있는 내 카르마를 '아는' 일입니다. 그러한 '앎'만이 우리를 진정으로 자유롭고 행복하게 해줄 수 있습니다. 이 책은 바로 그에 대한 이야기를 적고 있습니다.

기술 방법은 많은 독자들이 진정한 자기계발을 이뤄 행복을 누리기를 바라는 마음을 담아 문답식으로 구성해 보았습니다. 카르마 법칙에 대해 궁금할 것 같은 사안을 질문으로 만들고 답을 적어본 것입니다. 이렇게 하면 카르마 법칙의 요체要諦를 쉽고 신속하고 정확하게 알 수 있을 것이라는 생각입니다. 이 책만 보아도 여러분은 카르마에 대한 기본적인 이해가 가능할 것입니다. 더 궁금한 것은 본문에 소개한 제가 쓴 다른 책이나 같은 주제를 다룬 저자들의 책을 참고하시면 되겠습니다.

독자 여러분, 부디 카르마 법칙을 하루라도 빨리 이해해서 스스로 설계한 이번 생의 소명을 알아내 의미 있고 행복한 삶을 사시기를 기원합니다. 카르마 법칙에 따르면 우리의 '지금'은 무조건 최고입니다. 무지로 인해 겪고 있는 속박에서 속히 벗어나 진정으로 자유로워지시길 간절히 바랍니다.

1장

카르마 법칙,
행복과 성공, 성장으로
인도하는 법칙

카르마란
무엇인가요?

카르마 법칙의 요체

카르마는 산스크리트어라고 했습니다. 그 뜻은 '(무엇을) 하다'인데 한자로는 업業으로 번역되었습니다. 이때 카르마는 미래에 결과를 가져오는 원인 역할을 합니다. 따라서 카르마를 번역할 때 인因이라고 해도 되는데 업으로 번역한 것은 이 단어에 '하다to do'라는 뜻이 있기 때문입니다.

여기서 '하다'라는 것은 인간이 하는 모든 언행뿐만 아니라 생각도 포함합니다. 인간이 몸으로 하는 행동과 말, 그리고 마음으로 하는 생각이 모두 업이 되는 것입니다. 전통 불교에서는 인간의 행동과 말, 그리고 마음을 '신구의身口意'라고 간명하게 표현합니다. 이렇게 신구의로 짓는 모든 것이 원인이 되어 후에 결과, 즉 과보를 만들어낸다는 것이 카르마 법칙의 요체입니다.

원인만큼 중요한 것이 과보입니다. (과)보는 산스크리트어로 '비파카vipāka'라고 합니다. 카르마가 원인이라면 비파카는 결과입니다. 그래서 이것을 합하면 한자로 업보가 됩니다.

업보라는 말은 우리가 일상에서도 많이 쓰고 있지요? 예를 들어 어떤 사람이 악행을 거듭하면 우리는 "저 사람은 반드시 그 업보를 받을 것이다"라고 말하곤 합니다. 사실 이 말은 정확한 표현이 아닙니다. 왜냐하면 그 사람이 받을 것은 '보', 즉 결과이지 원인에 해당하는 '업'이 아니기 때문입니다. 그래서 여기서는 업보가 아니라 '과보'라고 해야 맞는 것입니다.

이에 비해 '카르마 법칙'에는 업과 보가 같이 포함되어 있습니다. 그래서 이 책에서는 카르마 법칙이라 통칭해 부르고자 합니다. '업보의 법칙'이라는 단어도 있지만 그다지 알려지지 않은 관계로 쓰는 것이 망설여집니다. 대신 원어의 의미를 살리는 뜻에서 카르마 법칙이라고 쓰려고 합니다.

카르마 법칙이 주장하는 것은 아주 간단합니다. 앞서 말한 대로 우리가 행한 모든 것은 그대로 무의식에 저장되었다가 언젠가 인연이 닿게 되었을 때 발현된다는 것입니다. 그런데 이 인연이 반드시 이번 생에만 국한되는 것은 아닙니다. 우리의 무의식에 저장되어 있는 카르마(업)는 고스란히 다음 생으로 전달되기 때문입니다. 벌써 환생 이야기가 나오는군요. 인간의 환생에 대해서는 다른 장에서 구체적으로 다룰 예정입니다. 카르마 법칙을 말할 때 환생이라는 주제는 대단히 중요합니다. 인간이 환생하지 않으면 카르마 법칙도 성립되지 않기 때문입니다.

카르마 법칙에 대해 이렇게 설명할 수도 있습니다. 우리가 남을 위해 좋은 '업'을 쌓으면 언젠가 좋은 '보'를 받고, 반대로 부당한 이유로 남을 해코지하면 언젠가 그에 상응하는 보를 받게 된다고 말입니다. 이렇게 선악에 치우치지 않고 중립적으로 발현되는 카르마도 있는데 이것은 당연한 것이라 따로 언급하지 않아도 되겠습니다.

이보다는 '눈에는 눈, 이에는 이'와 같은 원리가 카르마 법칙을 더 잘 대표하는 원리라고 할 수 있습니다. 그러나

기본 원리가 그렇다는 것이고 카르마 법칙은 훨씬 더 복잡하게 전개됩니다. 카르마 법칙이 전개되는 모습을 보면 우리 같은 보통 사람은 알기 힘든 면이 많이 있습니다. 이것도 뒤에서 구체적으로 보겠습니다.

이렇게 보면 카르마 법칙은 인간사의 모든 일을 설명해 주는 원리라고 하겠습니다. 우리가 겪는 중요한 일들은 모두 원인이 있어 생기는 것입니다. 어떤 사건이 아무리 우연 같아 보여도 거기에는 분명히 원인이 있다는 것이 카르마 법칙의 주장입니다. 예를 들어볼까요?

어떤 남성이 길을 가다가 지갑을 주워준 인연으로 지금의 아내를 만났다고 합시다. 사람들은 이 사건을 두고 두 사람이 그날 거기에서 우연으로 만났다고 생각할 것입니다. 그런데 카르마 법칙은 두 사람이 만나서 부부가 된 데에는 분명히 원인이 있다고 주장합니다. 아무 원인도 없는데 우연히 일어난 사건이 아니라는 말입니다.

이번 생만 놓고 보면 이것은 분명 우연히 일어난 사건입니다. 두 사람이 어떤 특정한 장소에서 지갑을 매개로 만날 수 있는 확률은 희박하기 때문입니다. 그런데 전생을 인정하면 이야기가 달라질 수 있습니다. 이 두 사람은 이번 생에 서로 만날 수 있게 이전 생 언젠가 약속했을 가능성이 높기 때문입니다. 이전 생에 그들은 내생에 반드시 만나자고 약속을 했는데 이번 생에 그 인연이 닿아 거짓말처럼 만났던 것입니다. 두 사람의 만남은, 이번 생만 조망하는 미시적 관점으로는 우연으로 보이지만 다생多生을 인정하는 거시적 관점에서는 원인이 있는 필연적 사건이라 할 수 있습니다.

이런 의미에서 카르마 법칙은 인과론입니다. 불교에서는 삼세三世인과론이라 부르기도 하지요. 과학에서 말하는 인과론과는 같은 점도 있고 다른 점도 있는데 이에 대해서는 다음 장에서 보기로 합니다.

카르마 법칙은
왜 존재하나요?

 카르마 법칙은 도덕적 인과론이다

카르마 법칙은 인과론이라고 했습니다. 그런데 그냥 인과론이 아닙니다. 카르마 법칙에는 물리적 인과론에는 없는 도덕의식이 들어가기 때문입니다. 그래서 카르마 법칙은 인과론과 도덕을 합해서 도덕적 인과론이라 할 수 있습니다. 조금 다르게 표현하면 카르마 법칙은 인간이 도덕적인 완성을 꾀할 수 있도록 돕는 법칙이라 하겠습니다.

　세계 종교 교리에 따르면 인간은 가장 깊은 마음에 지선至善의 성품을 갖고 있습니다. 이것을 불교에서는 불성이라 하고 그리스도교에서는 신성이라 하지요. 카르마 법칙은 우리 인간으로 하여금 이러한 성품을 다시 찾을 수 있게끔 안내하는 법칙이라고 할 수 있습니다.

우리가 도덕적인 삶을 살지 않으면 카르마 법칙은 우리의 삶에 관여해 궤도를 수정하라고 권합니다. 어떻게 권하느냐고요? 간단합니다. 우리에게 고통을 줍니다. 예를 들어 내가 욕을 해서 상대방에게 모욕을 주었다면 카르마 법칙은 언젠가 나로 하여금 그와 비슷한 일을 당하게 만듭니다. 그럼으로써 다른 사람에게 모욕을 주는 일이 얼마나 나쁜 것인지 깨닫게 해주는 것입니다. 그러한 일이 본인의 도덕적 성장에 얼마나 많은 저해를 가져오는지 알게 해주는 것이지요.

반대의 경우도 마찬가지입니다. 카르마 법칙에 따라 좋은 일을 하면 좋은 과보가 있기 마련입니다. 예를 들어 여러분이 어떤 기관에 돈을 기부했다고 합시다. 그러면 여기에도 좋은 과보가 생깁니다. 이때 중요한 것은 대가를 바라지 않아야 한다는 사실입니다. 순수한 마음으로 기부하는 것이 중요합니다. 만일 어떤 정치가가 자신을 과시하기 위해 해당 기관에 돈을 기부했다면 아무리 많은 돈을 내도 그런 경우에는 좋은 과보를 기대하기 힘듭니다.

의도가 불순하기 때문에 효과가 없는 것입니다.

카르마 법칙에서는 의도가 대단히 중요합니다. 순수한 마음으로 돈을 기부했다면 앞서 말한 대로 거기에는 분명히 좋은 과보가 있습니다. 예를 들어 언젠가 뜻하지 않은 돈이 생기는 과보를 받을 수도 있습니다. 왜 이런 경우가 있지 않습니까? 어떤 경품 행사에 응모했는데 뜻하지 않게 1등에 당첨되어 큰 상금을 받는 경우 말입니다. 이것 역시 우연으로 돌리면 그만이지만 카르마 법칙의 관점에서는 당사자가 이전에 순수한 의도를 가지고 좋은 일에 돈을 썼기 때문에 생긴 과보로 보입니다. 그가 좋은 마음으로 착한 일을 했으니 카르마 법칙이 포상을 해주는 것입니다. 좋은 심성을 계속해서 기를 수 있도록 격려하는 것이지요.

인간에게는 궁극적으로 지향해야 할 목표가 있습니다. 이것을 일단 자아실현이라고 해두지요. 사실 우리 인간은 자아실현을 넘어 최종 목적지인 자아초월의 단계까지 가야 하는데 여기서는 설명의 편의를 위해 자아실현 단계까지만 보겠습니다.

자아실현에서 매우 중요시되는 것은 도덕성의 완성입니다. 우리가 인간으로서 도덕성을 제대로 갖추지 않는다

면 아무리 재주를 많이 갖고 있다 한들, 아무리 돈을 많이 갖고 있다 한들, 또 아무리 막강한 권력을 갖고 있다 한들 무슨 의미가 있겠습니까? 도덕성의 완성이란 곧 인격의 완성을 의미하는데 이에 대해서는 이미 불교나 그리스도교 같은 세계 종교가 덕목으로 다 제시하고 있습니다.

세계 종교들이 공통으로 주장하는 덕목은 자비와 사랑, 지혜, 정의와 같은 것입니다. 우리는 이 같은 덕목을 수행해야 인간성을 완성할 수 있습니다. 이것은 해도 그만, 안 해도 그만인 것이 아닙니다. 인간이라면 반드시 이 덕목들을 수행해서 인격의 완성을 이루어야 합니다.

그런데 만일 우리가 이 길로 가지 않으면 그때 카르마 법칙이 개입합니다. 이 경우 카르마 법칙은 우리에게 고통을 선사한다고 했습니다. 고통을 통해 내가 지금 하는 일이 잘못되었다는 사실을 알려주는 것이지요. 카르마 법칙이 우리에게 궤도를 수정하라고 권하는 것입니다. 특히 우리가 도덕적으로 일탈했을 때 카르마 법칙은 여지없이 우리의 삶 안으로 들어옵니다.

예를 들어 어떤 사람이 높은 지위에 올라 강한 권력을 쥐고 다른 사람들을 무시하고 깔보면서 살았다고 합시다.

이러한 행동은 도덕적으로 흠결이 많습니다. 그런데 다행히 이 사람이 그 생애 동안 자신의 잘못을 깨닫고 뉘우쳤다면 카르마 법칙은 관여하지 않습니다. 그러나 그가 일생 내내 그런 태도를 유지하고 고치지 않은 채 생을 마감했다면 다음 생에는 카르마 법칙이 작동하게 됩니다.

이럴 때 가장 일반적인 과보는 이전 생과 반대의 생이 전개되는 것입니다. 이 사람은 이전 생에 높은 지위에 있었으니 이번 생에는 사람들에게 무시당하기 쉬운 미천한 지위를 갖게끔 카르마 법칙이 안배해 줍니다. 카르마 법칙의 의도는 간단합니다. 남에게 무시당했을 때 얼마나 모욕스러운지 느껴보라는 것이지요. 그리고 그 고통을 통해 앞으로는 타인을 괴롭히는 일을 하지 않겠다는 다짐을 하라는 것입니다. 이때 당사자가 자신의 처지를 한탄하지 않고 카르마 법칙이 주는 교훈을 받아들이면 이 카르마는 자동 해소됩니다. 동시에 그 사람은 영적으로 성장합니다.

다시 한번 강조하지만 카르마 법칙은 우리를 온전한 인간으로 만들어주기 위해 불철주야 작동하고 있습니다. 그러니 우리는 카르마 법칙에 엇가는 행동을 하지 말고 잘 순종해야 할 것입니다.

카르마 법칙은
누가, 어떻게 알았나요?

카르마 법칙의 놀라운 발견

이처럼 인간의 삶에는 카르마 법칙이 존재합니다. 단순히 그저 존재하는 것이 아니라 우리의 삶을 관장하고 있습니다. 그런데 여러분은 여전히 이 법칙을 믿기 힘드시지요?

카르마 법칙에 따르면 내가 몇 생 전에 한 언행이나 생각이 이번 생에 영향을 미쳐 그 과보가 나타난다고 하니 도무지 받아들이기가 어렵습니다. 도대체 어떤 힘에 의해 몇 생이 떨어져서 존재하는 원인과 과보가 연결된다는 것인지 알 길이 없습니다. 이성적으로는 아무리 생각해 봐도 이 일이 가능할 것 같다는 생각이 들지 않습니다.

그래서 대부분의 사람들은 이 법칙에 관심이 없을 뿐 아니라 그 존재 여부에 대해서도 무지한 채로 살아갑니다. 또 이런 법칙이 있다고 설명해 줘도 긴가민가할 뿐 확실하게 믿으려고 하는 의지는 읽을 수 없습니다. 이 법칙을 긍정하자니 너무 터무니없어 보이고, 그렇다고 부정하자니 불교 같은 세계 종교가 주장하는 바를 무턱대고 부인할 수도 없으니 어영부영한 상태인 것 같습니다.

카르마 법칙은 왜 이런 상황에 처하게 된 것일까요? 쉽게 말해 카르마 법칙은 왜 사람들에게 잘 알려지지 않았냐는 것입니다. 이유는 간단합니다. 이 법칙은 우리의 일상적인 의식으로는 알 수 없기 때문입니다. 카르마 법칙은 너무도 심오해서 평상 의식으로는 파악하기 힘듭니다. 적절한 비유가 될는지 모르겠지만 우리의 눈으로는 분자나 원자의 세계를 보는 것이 가능하지 않습니다. 평상시의 시력으로는 안 되는 일이지요. 그래서 현미경이라는 특수한 렌즈가 달린 기계의 힘을 빌려서 분자나 원자를 보는 것입니다.

그러면 카르마 법칙을 발견하기 위해 우리는 무엇을 어떻게 해야 할까요? 이 질문에 대답하는 일은 그리 복잡하지 않습니다. 우리의 의식 깊은 곳으로 내려가면 카르마 법칙을 만날 수 있습니다. 현대적인 용어로 표현하면 깊은 무의식 상태로 들어가야 한다는 것입니다.

이 같은 상태로 들어가게 해주는 가장 좋은 방법은 바로 명상입니다. 명상에서는 호흡을 많이 이용하지요? 호흡 등을 통해 출렁거리고 부산하기 그지없는 우리의 의식을 평온하게 침잠시키면 그제야 인간이 환생하는 모습이라든가 과보를 받는 모습이 보인다고 합니다. 직관의 문이 활짝 열리는 것이지요.

전 세계 인류 가운데 이 같은 명상 전통을 가장 먼저 발달시키고 심화한 민족이 있지요? 바로 인도 사람들입니다. 그들이 세운 불교나 힌두교는 세계 종교 가운데 명상 전통을 가장 많이 발달시킨 종교입니다. 카르마 법칙은 이 같은 인도 종교에서 가장 먼저 설파했습니다. 이 종교에 속해 있는 뛰어난 수행자들이 투철하고 깊은 명상을 해본 결과 우리 인간의 삶에는 삼세인과론 혹은 카르마 법칙이 흐르고 있다는 사실을 발견한 것입니다. 이렇게 카르마 법칙은 인도인들이 가장 먼저 밝혀냈습니다.

그런데 그 시기가 언제인지는 정확하게 알 수 없습니

다. 다만 불교 이전에 존재했던 우파니샤드 철학에 이미 카르마에 대한 언급이 있으니 카르마 법칙은 지금으로부터 약 3천 년 전에 발견한 것으로 보입니다. 물론 이보다 더 이를 수도 있습니다.

다른 종교에서는 카르마에 대한 언급이 아예 없거나 미미해 교리에 반영되어 있지 않습니다. 같은 세계 종교인 그리스도교나 이슬람교를 보면 카르마 법칙에 대한 교리를 거의 발견할 수 없습니다. 사정이 이렇게 된 것은 이들 종교에서는 명상을 통해 인간의 내면을 탐구하는 것보다 신을 찬양하고 경배하는 의례가 더 발달했기 때문일 것입니다. 관심이 안으로 향한 것이 아니라 밖으로 향해 있으니 인간의 의식을 관장하는 카르마 법칙을 발견할 수 없었을 테지요. 이 종교들과 비교해 볼 때 인도 종교는 그처럼 이른 시기부터 카르마 법칙을 설파했으니 놀라운 일이 아닐 수 없습니다.

인도 종교 중에서도 불교는 인간의 의식에 대한 연구에서 말할 수 없이 뛰어납니다. 여러분은 대승불교 가운데 법상종法相宗이라는 종파를 들어보셨을 겁니다. 이 종파가 연구하는 학문을 유식학唯識學이라고 하는데 이는 대승

불교에서 가장 중요시되는 철학 중 하나입니다. 그러니까 정통 중의 정통이라는 것이지요.

그 명칭에 '(의)식'이 있는 데에서 알 수 있듯이 이 종파의 연구 대상은 바로 인간의 의식이었습니다. 그래서 이 파의 교리를 보면 카르마가 인간의 의식 안에서 어떻게 형성되고 그것이 어떤 식으로 저장되는가에 대한 자세한 설명이 있습니다. 이에 대한 것은 곧 또 다룰 텐데 이 종파의 철학은 너무나 어려운 나머지 인도는 물론이고 중국이나 한국에서 모두 사라졌습니다. 사정이 어떻든 우리는 이 카르마 법칙을 인도 사람들이 가장 먼저 밝혀냈다는 사실만 인지하면 되겠습니다.

카르마 법칙은
믿을 수 있나요?

증거 1: 인도 종교의 증언

카르마 법칙에 대해 그다음으로 나올 수 있는 의문은 이 법칙의 진실성에 관한 것입니다. 이게 믿을 수 있는 법칙 이냐는 것이지요. 내가 이 카르마 법칙을 믿어야 가치관 이나 인생철학으로 삼을 수 있지 않겠습니까? 믿을 만하 지 않으면 내게 의미 있는 신조가 될 수 없습니다. 그래서 이 법칙의 진실성을 묻는 일은 대단히 중요합니다.

앞서 인도의 성자들은 명상 수련을 통해 깊은 경지에 들어가 카르마 법칙이 운용되는 모습을 발견했다고 했습 니다. 그러나 그런 경지의 근처에도 가지 못한 우리는 이 법칙의 진리성을 알아차릴 수 없으니 의문이 생기는 것은 당연하다고 하겠습니다.

카르마 법칙이 참true이라고 할 수 있는 첫 번째 증거는 인도의 최고 스승들이 이 법칙을 '진리'라고 가르쳤다는 데에서 찾을 수 있습니다. 쉽게 말해 스승이 가르쳤기 때문에 참이라는 것입니다. 우리 범인들은 스승들의 경지를 잘 알지 못합니다. 이유는 간단합니다. 그 경지에 이르지 못했기 때문입니다. 그래서 우리에게는 스승들이 도달한 경지에 대해 '맞다, 그르다' 할 자격이 없습니다. 이렇게 보면 우리가 해야 할 일은 스승의 가르침을 전적으로 받아들이는 것 외에는 다른 것이 없습니다.

인도 종교에서는 어떤 명제가 참이라는 것을 받아들이려 할 때 몇 가지 조건을 충족해야 한다고 주장했습니다. 그 조건 중의 하나가 바로 '스승이 가르친 것은 참이다'라는 것입니다. 이런 태도가 가능한 것은 앞에서 말한 대로입니다. 우리는 스승의 경지를 알 수 없으니 우선 받아들여야 한다는 것이지요. 스승이 도달한 경지에 이르려면 스승이 제시한 것을 전적으로 받아들이고 노력하는 것 외에는 다른 방도가 없기 때문입니다. 그래서 불교나 힌두교가 주장하는 사제 체제에는 '진리를 깨치려면 스승에게 절대 복종해야 한다'라는 불문율이 있습니다.

그런데 문제가 있습니다. 우리는 깨치지 못한 상태에 있기 때문에 어떤 스승이 깨달음의 경지에 있는지를 알지 못한다는 사실이 그것입니다. 일단 스승을 정하면 내 모든 것을 그 스승에게 걸어야 하니 스승을 정하는 일은 대단히 중요합니다. 그런데 우리는 누가 깨친 스승인지를 모르니 어떤 스승을 택할지 정할 능력이 없습니다. 그래서 문제이고 딜레마입니다.

따라서 제자가 스승을 선택하는 것이 아니고 스승이 제자를 선택하는 것이 맞습니다. 세간에서는 제자가 먼저 스승을 찾아가 제자로 받아주기를 청하는 것이 정도라고 생각하지만 사실은 스승이 제자를 택하는 것입니다. 스승의 경지에서는 제자 후보들의 모든 것이 보이기 때문에 그 제자를 택할지, 택하지 않을지를 결정할 수 있습니다. 이런 식으로 사제 관계가 형성된다면 제자는 자신을 택한 스승을 믿고 그에게 절대 복종하는 일이 가능할 테지요. 그러면 그때부터 스승이 하는 말은 모두 진리가 되는 것입니다.

이렇게 제자는 스승의 높은 경지를 모르니 섣불리 의문 갖는 것을 삼가고 스승을 절대 신임해야 한다는 가르침을 주는 좋은 예가 있습니다. 원불교를 창시한 소태산 박중빈(1891~1943) 선생의 고제高弟로 그를 이어 제2대 종법사가 된 정산 송규(1900~1962) 선생과 관련된 이야기입니다. 정산의 제자 중에 카르마 법칙을 부정하는 제자가 있었던 모양입니다. 이 제자는 당시 신식 학문으로 불린 유물론과 심리학 등을 배우더니 카르마 법칙의 진리성을 부정하기 시작했습니다. 그는 주제넘게 카르마 법칙은 그저 사람들에게 선행을 하게끔 유도하는 방편설에 불과한 것이지 그 법칙 자체가 진실은 아니라고 주장했습니다.

사실 전통 불교신자 가운데에서도 이러한 태도를 보이는 사람이 꽤 있습니다. 특히 조금 배웠다 하는 엘리트 불교도들이 이처럼 주장하는 경우가 많습니다. 지성인이라 자부하는 불교도 중에는 환생이나 카르마론은 민간에서 주장하는 민속적인 믿음일 뿐이지 정통 불교의 가르침이 아니라고 폄하하는 사람이 있습니다. 쉽게 말해 윤회론 같은 것은 수준 낮은 교리에 불과하다는 것이지요.

이에 대해 정산은 단호했습니다. 그는 '(카르마 법칙은) 지식으로 알 수 있는 것이 아니라 마음이 열려야 보이는 직관적인 세계다'라고 주장했습니다.

정산에 따르면 우리가 이 직관적인 세계에 도달하기 위해서는 화두를 들고 참선하면서 강하게 집중해 정定의 상태에 들어가야 합니다. 여기서 정의 상태란 의식이 완전히 깨어 있는 상태를 말합니다. 그런데 이렇게 있는 기간이 보통이 아니더군요. 고요한 정의 상태를 석 달 이상 유지해야 카르마 법칙이 운용되는 모습이 보인다고 하니 말입니다. 며칠도 아니고 석 달 이상을 집중 상태로 있어야 한다니 도대체 이것이 가능한 일인지 모르겠습니다. 일반 범인들에게는 언감생심의 경지 같습니다.

이 같은 집중 상태에 대해서는 할 말이 아주 많습니다만 우리의 주제가 아니니 과감히 생략하기로 합시다. 다만 꼭 말하고 싶은 것은 보통의 우리는 단 1분도 그런 상태에 머물기 어렵다는 사실입니다. 우리는 마음이 자꾸 산란해져 그러한 집중 상태를 오랫동안 지속하기가 어렵습니다. 오죽하면 우리의 마음을 1초도 가만히 있지 못하고 부산을 떠는 술 취한 원숭이에 비유하겠습니까?

그런데 고도의 집중 상태를 석 달 이상 유지해야 비로

소 카르마 법칙이 운용되는 모습이 보인다고 하니 이 법칙이 얼마나 귀중한 고급 정보인지를 알 수 있습니다. 사정이 이러하니 일상 의식에서 벗어나 살아본 적이 없는 우리는 카르마 법칙에 대해 함부로 단정 짓지 말고 더 공부해야겠다는 생각입니다.

카르마 법칙은
믿을 수 있나요?

카르마에 대한 교설은 이렇게 인도 종교에서만 논의되었을 뿐 인도 종교와 관계없는 지역에서는 그다지 활발한 논의가 없었습니다. 다른 세계 종교인 그리스도교나 이슬람교에서는 전통적으로 카르마 법칙에 반대 입장을 취했던 터라 논의가 거의 없었습니다. 그러다 20세기에 들어와 아주 뜻밖의 지역에서 카르마에 대한 논의가 활발하게 일어나기 시작했습니다. 그곳은 다름 아닌 미국입니다. 인도 종교와는 그다지 관계가 없는 미국에서 카르마에 대한 논의가 진행되었다니 의아한 면이 있지요? 이때 카르마에 대한 논의의 방아쇠를 당긴 것은 바로 '최면'이었습니다.

최면은 고대부터 존재했던 기술이지만 본격적인 연구는 유럽을 거쳐 20세기 중엽에 미국에서 이뤄집니다. 그 과정에서 최면은 미국 의료계로부터 정통 의료법으로 정식 인정을 받습니다. 이후 최면을 통해 내담자를 영혼의 세계나 전생으로 보내는 실험 사례가 생겨났습니다. 그 결과 불교나 힌두교에서 말하는 인간의 전생이 실제로 존재한다는 증거가 나오기 시작합니다. 놀라운 발견이었지요.

그런데 그저 단순히 전생만 존재하는 것이 아니라 여러 생을 관통하는 법칙이 있다는 사실도 발견하게 됩니다. 그리고 이 법칙은 과거 인도 종교에서 줄곧 주장해 온 교리였다는 것을 알게 됩니다. 카르마 법칙을 말하는 것이지요. 그래서 이름도 카르마라는 인도의 고어를 그대로 쓴 것입니다. 이렇게 그들이 최면을 통해 발견한 것은 카르마 법칙이라는 도덕적인 인과론이 수많은 생 동안 사람들의 언행을 통제하며 인간의 성장을 돕고 있다는 사실이었습니다.

미국에서 일어났던 이 같은 연구 사례는 부지기수로 많습니다. 그중에 중요한 예 하나만 소개해 보겠습니다. 이 주제와 관련해 가장 먼저, 가장 중요하게 거론되어야 할 사람은 말할 것도 없이 에드거 케이시(1877~1945)입니다. 케이시는 영적인 치료 방면에 있어 20세기 미국을 대표하는 가장 유명한 선지자입니다. 그는 자가 최면에 들어가 무의식 상태에서 환자를 치료하는 약을 처방했던 것으로 이름이 높았습니다. 그래서 '잠자는 예언자sleeping prophet'라는 별명으로 불리기도 했지요.

자가 최면으로 환자를 치유하던 케이시는 어떤 환자의 경우에는 병의 원인이 당사자가 언젠가의 전생에 저지른 악행으로부터 비롯되었다는 것을 알게 됩니다. 그때 케이시는 처음으로 전생의 존재를 확인했을 뿐만 아니라 인간의 모든 생을 카르마 법칙이 인도하고 있다는 사실을 알게 됩니다. 이에 그는 독실한 개신교인이었지만 환생론이나 카르마 법칙을 자신의 가치관 안으로 받아들였습니다.

케이시가 이 방면에서 독보적인 이유는 무려 2천여 건에 이르는 엄청난 양의 임상 사례를 남겼기 때문입니다. 최면과 관련해 이렇게 많은 사례를 모아놓은 것은 일찍이 유례가 없는 일입니다. 그가 남긴 사례들은 미국 버지니아주에 소재한 연구소에 잘 보관되어 있는데 이를 바탕으로 많은 학계의 연구가 이루어질 수 있었습니다.

그가 제시한 사례의 장점은 내용이 매우 구체적이라는 것입니다. 그의 사례에서는 전생의 어떤 행동이 이번 생에 어떤 과보를 받게 했는지를 확실하게 밝혀줍니다. 예를 들어 어떤 시각장애인은 아주 오래전 전생에 포로로 붙잡은 적의 눈을 멀게 한 과보로 이번 생에 앞을 못 보게 되었다고 합니다. 그런가 하면 매일 밤 야뇨증으로 고생하던 소년은 중세 유럽 때 무고한 여성들을 마녀로 낙인찍어 물에 빠트려 죽인 과보로 그런 증세를 얻게 되었다고 합니다. 물론 이러한 예들은 검증이 불가능하기 때문에 진실인지 아닌지는 판단할 수 없습니다. 하지만 확실한 인과관계를 보여주어 카르마 법칙의 연구에 많은 도움을 주고 있습니다.

케이시의 사례가 더욱 귀중한 것은 그가 카르마의 인과관계를 밝히는 데에서 그친 게 아니라 치유법까지 제시하고 있다는 사실에 있습니다. 야뇨증 소년의 예에서 케이시가 제시한 치유법은 소년의 엄마에게 아이가 잘 때 몇 분 동안 '너는 친절한 사람이고 앞으로 여러 사람을 도울 거야'라고 속삭이라는 것이었습니다.

몇 달을 이렇게 하자 아이의 증세가 많이 완화되었다고 합니다. 이처럼 내담자가 이전 생에 행한 부도덕한 언행으로 인해 이번 생에 장애나 고통을 겪고 있는 경우 케이시는 그 치유법으로 참회 혹은 회개할 것을 종용했습니다.

이 역시 카르마 법칙의 취지와 부합합니다. 앞서 카르마 법칙이란 도덕적 인과론이라고 했지요? 우리가 도덕적으로 일탈할 때 카르마 법칙은 이런 식으로 개입해 우리에게 고통을 줌으로써 도덕성을 되찾도록 도와줍니다.

다시 말하지만 케이시는 이 방면에서 독특한 사람입니다. 수많은 구체적인 사례를 기록으로 남겼을 뿐 아니라 각 환자들의 전생을 정확히 읽고 그 치유법까지 제공했다는 점에서 그렇습니다. 게다가 그는 예언가로도 이름이 높았습니다. 당시 미국 대통령이던 우드로 윌슨이 그에게 조언을 구할 정도였다고 하니 그의 인기를 알 만합니다. 그는 체르노빌 원전 사고나 케네디 대통령 암살 등을 정확히 예언했다고도 하는데 예언가의 면모에 대해서는 우리의 주제와 직접적인 관계가 없는지라 케이시 이야기는 이 정도만 하겠습니다.

카르마 법칙은
믿을 수 있나요?

 증거 3: 역행 최면

카르마 법칙을 믿을 수 있게 해주는 세 번째 증거 역시 최면에서 찾을 수 있습니다. 이번에는 역행 최면이 그 주인공입니다. 역행 최면은 잘 알려진 것처럼 내담자를 이른바 전생의 시간대로 보내는 것입니다. 인간에게 최면을 걸면 무의식에 저장되어 있는 정보가 의식 위로 떠오릅니다. 이 정보는 무의식 안에 감추어져 있기 때문에 평상시 의식 상태에서는 알기 어렵습니다.

초기에 역행 최면을 시도한 사람은 모리 번스타인 (1919~1999)이라는 미국인입니다. 그는 1950년대에 어떤 미국 여성을 대상으로 역행 최면을 시도했습니다. 그런데 그녀의 직전생이 놀랍게도 19세기의 아일랜드에 살았던 여성으로 나타났습니다. 이 일의 사실 여부에 대한 관심을 포함해 이 사례는 당시 미국 사회에 큰 반향을 일으켰습니다.

역행 최면과 관련해 한국과 미국에서 큰 주목을 받은 사람은 마이클 뉴턴(1931~2016)일 겁니다. 1994년에 나온 뉴턴의 책《영혼들의 여행》(원제《Journey of Souls》)은 사람들에게 많은 영감을 주었습니다. 그가 집중적으로 파헤친 것은 전생보다 영혼들이 사는 세계였습니다. 우리가 환생하기 전까지 영혼의 상태로 거주하는 세계, 즉 영계 말입니다. 그는 최면을 걸어 내담자를 영혼의 세계로 보내 경험한 것들을 발설하게 했습니다.

그들이 전한 정보에는 놀라운 사실들이 많이 포함되어 있는데, 우리의 주제인 카르마 법칙과 관계된 것을 보면 이렇습니다. 그들이 경험한 영계의 모습에는 영혼들이 환생을 결정하는 장면이 나오는데 그때 반드시 하는 일이 있습니다. 다음 생에 어떤 카르마를 가지고 태어나서 소멸할지를 결정하는 일이 바로 그것입니다. 그리고 그 일을 실현하기 위해 어떤 인연을 만들 것인지에 대해서도 토의하고 해야 할 일도 미리 정한다고 합니다.

사실 영계에서 하는 실제의 일은 이보다 훨씬 더 복잡하게 진행되지만 편의상 간략하게만 언급했습니다. 물론 그들이 전한 이런 일들을 검증할 수 있는 방법은 없습니다. 그러나 뉴턴에게 최면을 받은 사람들 중에는 자신의 카르마를 알고 보다 풍요로운 삶을 살게 된 사람들이 있었다고 하니 역행 최면은 카르마 법칙을 이해하는 데 효과가 있는 접근법이라 하겠습니다.

뉴턴의 예보다 더 극적인 것은 브라이언 와이스(1944~)라는 미국 의사의 사례입니다. 미국을 위시해 서양 의사와 학자 가운데에는 환생이나 카르마 법칙에 새롭게 눈을 떠 인생의 향방을 바꾼 사람들이 꽤 있습니다. 이들의 사례가 소중한 이유는 이들이 평범한 사람이 아니라 서양 사회의 주류를 이루고 있는 사람들이기 때문입니다. 앞서 본 케이시나 뉴턴은 민간요법사와 같아서 주류 사회의 일원으로 보기는 어렵습니다. 쉽게 말해 재야에 있는 사람이라는 것이지요. 반면 이 학자들은 제도권에서 정통 교육을 받은 주류인데, 그중에서도 가장 많은 관심을 받았던 와이스 박사를 간단히 소개하려고 합니다.

브라이언 와이스는 미국 컬럼비아대학과 예일대학에서 정신과를 전공하고 마이애미대학병원의 정신과 전문의를 하고 있으니 미국에서도 최고의 엘리트라고 할 수 있을 겁니다. 그는 대부분의 다른 의사와 마찬가지로 전생이나 카르마 같은 주제에는 전혀 관심이 없었습니다. 아니, 그런 주제에 관심을 두는 사람들을 경멸의 눈으로 바라보았다고 하는 게 더 정확하겠지요. 의사들은 유물론 교육을 받기 때문에 이런 태도를 취하는 경우가 많습니다. 그들은 인간에 속한 모든 현상이 물질적인 데에서 나온다는 유물주의적인 성향을 강하게 갖고 있습니다.

그러다가 1982년에 캐서린이라는 환자를 만나 치료하면서 와이스의 인생은 완전히 바뀌게 됩니다. 그는 캐서린의 공포증과 불안 증세를 치료하기 위해 최면을 시도했는데 여기서 느닷없이 그녀의 전생이 밝혀지기 시작한 것입니다. 정통 정신의학에서는 이 같은 공포증이 어릴 때 받은 상처에서 유래한다고 가르칩니다. 맞는 설명입니다. 실제로 이런 경우가 제일 많을 겁니다.

와이스 역시 이 설에 따라 캐서린에게 최면을 걸어 공

포증을 유발했을 법한 어린 시기로 가라고 했습니다. 그런데 느닷없이 그녀의 입에서 고대 이집트에서 살았던 전생 이야기가 튀어나왔습니다. 와이스는 깜짝 놀랐지요. 그런데 그녀의 설명이 얼마나 정확한지 당시 이집트에 살지 않았다면 도저히 알 수 없는 사실들이 대거 쏟아져 나왔습니다. 다행히 와이스는 이 생경한 상황을 무시하지 않고 그날 이후 계속해서 역행 최면을 시도해 수십 개에 달하는 그녀의 전생을 밝혀내기에 이릅니다. 그리고 그녀를 괴롭히고 있는 극심한 공포증이 이번 생의 어린 시절에 겪은 일 때문에 생긴 트라우마가 아니라 수많은 전생에 경험한 사건들에서 유래한 것임을 알아냈습니다.

이렇게 최면 치료를 받은 캐서린은 어떻게 되었을까요? 공포증이 나았을 뿐만 아니라 영적으로도 크게 성장하는 모습을 보여주었습니다. 전생에 지은 카르마가 와이스라는 훌륭한 의사를 만나 여러 생 만에 비로소 풀린 것입니다. 와이스는 그녀와의 치유 과정을 책으로 엮어 1988년에 《나는 환생을 믿지 않았다》(원제 《Many Lives, Many Masters》)를 출간했는데, 이 책은 〈뉴욕타임스〉 선정 베스트셀러에 오르는 등 큰 인기를 끌었습니다.

지금까지 역행 최면과 관련해 뉴턴과 와이스 사례만 소개했지만 미국에는 이 주제에 대한 연구가 많습니다. 이들 연구는 모두 공통적으로 우리 인간의 삶에는 카르마 법칙이 도도하게 흐르고 있다는 사실을 방증하고 있습니다. 이로써 우리는 서양의 주류 사회가 카르마 법칙을 점차 수용하고 있음을 절감할 수 있습니다(그런데 카르마 법칙의 발원지인 동양에서는 사회의 주류 구성원들이 이 법칙을 받아들이는 모습이 잘 보이지 않아 재미있습니다).

왜 인간에게만
카르마 법칙이 적용되나요?

인간에게는 있고 동물에게는 없는 것

이 질문은 '동물도 업을 짓는가?'라는 질문으로 치환할 수 있습니다. 동물도 카르마를 생성하느냐는 것이지요. 미리 답을 말하면 '아니다'입니다. 동물에게는 카르마 법칙이 적용되지 않습니다. 애완동물이 지내는 환경을 보면 동물에게도 카르마 법칙이 적용되는 것처럼 보일 수 있습니다. 왜냐하면 어떤 개는 호의호식하며 미용 관리와 좋은 치료를 받는데 어떤 개는 버려져서 먹지도 못하고 길거리를 떠돌아다니니 말입니다. 그래서 앞의 개는 좋은 과보를 받은 것이고 뒤의 개는 좋지 않은 과보를 받았다고 생각하기도 합니다.

이는 제법 그럴듯하게 들리지만 조금만 따져보면 근거가 없다는 것을 알 수 있습니다. 사람들은 의외로 인간과 동물의 차이를 간과합니다. 특히 동물과 가깝게 사는 사람들은 동물도 사람의 말을 알아듣고 의사를 정확히 표현한다고 생각하는 경향이 있습니다. 그러나 이것은 모두 인간이 동물에게 자신의 생각을 투사해 어림짐작을 하는 것입니다. 단도직입적으로 말해 동물에게는 생각할 수 있는 능력이 없습니다. 단지 감정이 있어 '느낄' 수 있을 뿐입니다.

그에 비해 인간은 생각할 수 있는 능력을 지니고 있습니다. 사정이 그런 것은 오직 인간에게만 자의식self-consciousness이 있기 때문입니다. 자의식이라는 단어가 조금 어렵게 들리지요? 자의식이란 자신을 객관화할 수 있는 의식을 말합니다. 이 때문에 인간은 자신이 존재한다는 사실을 알고 있고 그로 인해 자신이 존재하지 않게 된다는 사실, 즉 죽는다는 것도 알고 있습니다. 자의식이 없는 동물은 자신이 존재한다는 것도 모르고 죽는다는 것도 모릅니다.

여기서 중요한 사안은 '안다to know'는 것입니다. 동물에게는 이러한 인지의 능력이 없습니다. 물론 동물도 자신의 죽음을 본능적으로 '느낄' 수는 있습니다. 이 능력이 있기 때문에 자신이 위험에 처했을 때 벗어날 수 있는 것이지요. 그러나 '나'라는 개념이 없는 동물은 생명이 경각頃刻에 달렸을 때 어떤 경우에도 '아, 나는 이렇게 죽는구나'와 같은 생각은 절대로 할 수 없습니다.

인간만이 생각하는 능력을 지닌 것은 인간에게는 '생각하는 나'(혹은 '보는 나')와 '생각되는 나'(혹은 '보이는 나')가 분리되어 있기 때문입니다. 이것이 바로 이원론의 출발입니다. 인간은 이 생각하는 능력 덕에 모든 것을 둘로 나누어 인식하게 됩니다. 예를 들어 '너와 나', '선과 악', '아름다움과 추함', '진실과 거짓', '삶과 죽음' 등으로 나누어 생각한다는 것이지요.

앞에서 카르마 법칙은 도덕적 인과론이라고 했지요? 도덕이란 선한 것과 선하지 않은 것을 나누는 능력에 기반을 둔 것입니다. 이렇게 선과 악을 이분법적으로 나누어 이해하는 것은 자의식을 지닌 인간만이 갖고 있는 능력입니다. 그래서 인간 세상에는 좋은 사람도 있고 좋지 않은 사람도 있습니다(우리는 대체로 그 중간 어디엔가 있겠지요?).
그런데 생각해 보십시오. 개들 무리에서 어떤 개는 선하
고 어떤 개는 악하다고 말할 수 있습니까? 개는 그저 개일
뿐입니다. 자의식이 없는 동물에게는 선악 구분이 통용되
지 않습니다. 동물은 그저 본능에 충실할 뿐입니다.

예를 들어 어떤 사람이 다른 사람의 물건을 훔치면 그
사람은 악한으로 간주되어 법의 심판을 받습니다. 그에
비해 개가 주인 몰래 고기를 훔쳐 먹었다고 해서 그 개를
나쁜 개라고 합니까? 사자가 아프리카 초원에서 얼룩말
을 잡아먹었다고 그 사자를 나쁜 사자라고 합니까? 멧돼
지가 밭을 파헤쳐 쑥대밭으로 만들어놓는다고 해서 우리
가 그 멧돼지를 도덕적으로 나쁘다고 하지는 않습니다.
붙잡아다가 재판을 하고 교도소에 가두는 일도 하지 않습
니다. 그 동물들이 단지 본능에 충실하다는 것을 알기에
징벌을 가하지 않는 것입니다. 이렇게 동물에게는 인간이
갖고 있는 '죄'라든가 '덕', '진리', '용서' 같은 개념이 없
습니다.

앞에서 카르마는 무엇으로 형성된다고 했지요? 인간이
행하는 신구의, 즉 행동과 말과 생각에서 비롯된다고 했

습니다. 그런데 행동을 하고 말을 하는 것은 모두 생각에서 비롯된 것입니다. 인간은 무엇을 하든 일단 머리로 생각을 하고 그것을 언행으로 옮깁니다. 항상 생각이 먼저입니다. 그런데 동물에게는 이 생각할 수 있는 능력이 없다고 했습니다. 그래서 서두에서 던진 '동물도 업을 짓는가?'라는 질문에 동물은 업, 즉 카르마를 짓지 않는다고 답한 것입니다.

인간은 생각할 수 있기 때문에 욕심을 부리고 자연을 거스르는 행위가 가능합니다. 반면에 동물은 욕심이 없습니다. 자신이 먹을 수 있는 만큼만 먹고 더 이상은 취하지 않습니다. 인간만이 자신의 이득을 위해 남의 것을 빼앗고 타인을 괴롭히며 심지어 죽이기까지 합니다. 바로 이런 데에서 부정적인 카르마가 생기는 것이지요.

그런데 동물이 인간보다 한 단계 낮다고 해서 동물을 무시해도 된다는 것은 아닙니다. 동물도 동물대로의 격이 있으니 그것을 존중하여 잘 대해주어야 합니다. 동물의 진화 법칙에 대해서는 아직 학계의 연구가 미진하지만 동물이 인간과는 다른 진화의 길을 가고 있는 귀중한 생명임에는 틀림없습니다. 그리고 동물은 인간에게 없어서는 안 될 아주 귀중한 동반자입니다. 동물이 없으면 인간도 생존할 수 없기 때문입니다. 따라서 동물을 학대하고 괴롭히는 일은 절대로 해서는 안 될 것입니다.

이 대목에서 동물과 관련해 케이시가 한 말이 생각나는군요. 동물 세계에는 카르마 법칙이 존재하지 않지만 인간과 관계되면 작동한다고 합니다. 그러면서 케이시는 재미있는 예를 듭니다. 어떤 사람이 말에 차여서 크게 다쳤습니다. 그런데 그의 평소 행동을 조사해 보니 아무 이유 없이 말을 많이 괴롭혔다고 하더군요. 케이시는 이런 경우에도 카르마 법칙이 작동한다고 주장합니다. 당사자는 말을 괴롭힌 대가로 말에게 차인 것입니다. 진위를 떠나 흥미로운 사례라고 하겠습니다.

마지막으로 하고 싶은 이야기는 불교의 윤회설에 대한 것입니다. 불교계에서 떠도는 이야기 가운데 '인간이 나쁜 짓을 많이 하면 내생에 동물로 태어난다'는 주장이 있습니다. 단도직입적으로 말해 이것은 사실이 아닙니다. 인간은 동물이 될 수 없습니다. 생각하는 능력을 가진 인간이 한 차원 내려가 생각하는 능력이 없는 동물계에 태어날 수는 없다는 것입니다. 그리고 죄를 지었으면 인간계에서 죗값을 받아야지 왜 동물계로 내려갑니까?

조금 전에 무엇이라고 했습니까? 동물에게는 죄나 용서 같은 개념이 없다고 했지요? 따라서 동물은 자신이 어떤 고통의 상태에 있든지 간에 그것을 자신이 잘못한 행위, 즉 카르마에 따른 과보라는 생각을 하지 못합니다. 동물에게는 이런 추상적인 개념들이 적용되지 않습니다. 이에 비해 인간은 자신이 고통의 상태에 처했을 때 그것을 잘못을 회개하라는 카르마 법칙의 주문이라고 해석할 수 있는 능력을 지닌 존재입니다.

이렇게 카르마적인 관점에서 보아도 인간이 지은 죄는 마땅히 인간으로 환생하여 인간계에서 죗값을 받는 게 맞습니다. 백 번 양보해서 인간이 동물로 환생한다는 것을 받아들인다 해도 동물에게는 회개나 성장의 여지가 전혀 없으니 이는 당사자가 지은 죄에 대한 응징이 될 수 없습니다. 카르마 법칙의 적용이나 작동이 불가능한 것입니다. 우리가 죄를 지었다면 인간으로 다시 태어나 혹독한 대가를 치러야 합니다.

2장

환생,
빡센 지구 학교에서의
학습

인간은
왜 환생해야 할까요?

궁극적 완성을 위한 요청

지금까지 카르마에 대해 언급하면서 지속적으로 나오는
이야기가 있었습니다. '인간은 환생한다'는 것이었지요?
보통은 '윤회'라는 말을 많이 씁니다. 그런데 윤회에는 그
저 '돈다'는 의미만 있는 것에 비해 환생에는 '다시 태어나
다'라는 의미가 있어 저는 후자를 씁니다. 어떻든 이 대목
에서 여러분은 가장 먼저 이런 의문을 품지 않을까 합니
다. 우리가 카르마 법칙의 인도를 받으면서 수많은 생을
산다고 했는데 인간은 정말 환생하는가 하는 의문 말입
니다.

한국인은 불교와 가깝게 지내왔기 때문에 환생이나 전생이라는 단어와 매우 친숙합니다. 그렇지만 정작 인간이 환생하는 것을 믿느냐고 물으면 선뜻 '그렇다'고 답하는 사람은 그다지 많지 않습니다. 우리가 받아온 과학적인 교육의 영향으로 인간이 죽었다가 다른 인간으로 다시 태어난다는 사실을 받아들이기가 힘든 것입니다.

서양의 과학은 모든 것은 실험을 통해 검증해야만 믿을 수 있다고 주장합니다. 그런데 주지하다시피 우리가 다른 인격으로 환생하는 것은 실험할 수 있는 것이 아닙니다. 그 때문에 당연히 검증할 수도 없습니다. 그러니 못 믿겠다는 것이지요.

게다가 환생설은 민간에서 유행하는 속설과 결합되어 미신적인 이야기가 되는 경우가 있습니다. 가장 대표적인 예가 방금 전에 본 것처럼 사람이 죄를 지으면 동물로 환생한다는 것입니다. 특히 민간 불교에서 이 같은 이야기가 널리 회자되고 있다고 했습니다. 사정이 이런 탓에 사람들은 환생설 자체를 아예 부정하거나 미신 혹은 속설에 불과하다고 생각합니다.

그러나 잊지 말아야 할 것은 불교나 힌두교, 자이나교

같은 인도 태생의 세계적인 종교가 모두 이 환생설을 교리로 하고 있다는 점입니다. 물론 이런 종교를 믿는 사람 중에도 환생설을 믿지 않는 사람이 있습니다만 대부분은 환생설을 믿고 있습니다. 만일 환생설이 미신에 불과한 잘못된 교리라면 대부분의 인도 종교 신봉자들은 거짓을 믿고 있는 것이 됩니다.

이 대목에서 저는 거꾸로 '인간이 환생하지 않으면 어떻게 하지?'라고 묻고 싶군요. 질문이 뜬금없지요? 걱정이 되어서 이런 질문을 하는 것입니다. 그렇지 않습니까? 지금 살고 있는 이 한 생만 살고 끝이라면 문제가 보통 심각한 게 아닙니다. 이렇게 한 번의 기회만 주어지는 것은 공평하지 못할 뿐만 아니라 잔인하기까지 합니다. 이번 생에 실수한 게 있으면 그것을 만회할 기회가 또 있어야지 딱 한 생으로 끝나면 너무하다는 말입니다.

무엇보다도 정말로 우리가 한 생만 사는 것이라면 도덕이고 자아실현이고 모두 의미가 없기 때문에 그야말로 마구잡이로 막 살다가 가도 됩니다. 어차피 죽으면 아무것도 남지 않고 끝인데 굳이 윤리를 지켜가면서 힘들게 살 필요가 어디 있겠습니까? 인간의 삶이라는 것을 이렇게 생각하면 허무하기 짝이 없고 더 나아가 퇴폐로 흐르기 십상입니다.

도덕적인 측면 하나만 보아도 우리는 이번 생에 향상한 것이 거의 없을지도 모릅니다. 실수를 너무 많이 해서 어떻게 만회해야 할지 당황스럽기만 합니다. 이렇게 설익고 덜떨어진 상태로 있다가 죽어서 끝나버리면 우스갯소리로 죽도 밥도 아닌 것이 됩니다. 이럴 때 우리는 다음과 같은 질문을 던질 수 있을 테지요. '대자연(혹은 신)이 인간을 만들어놓고 겨우 한 생만 살게 해서 진화가 미진한 상태로 생을 마감하게 했겠는가?'와 같은 질문 말입니다.

우리가 도덕이나 지혜의 측면에서 부족한 상태로 있다가 그냥 소멸한다면 이는 대자연(혹은 신)이 커다란 낭비를 하는 것이라 할 수 있습니다. 다시 말해 실수했다는 것이지요. 그렇지 않습니까? 공연히 이 우주에 인간이라는 존재를 산출해 놓고 인간으로 하여금 온갖 고통만 겪게 하고 부질없이 생을 마감하게 한다면 이는 대자연(혹은 신)이 둔 패착이라 할 수 있을 것입니다. 정말로 인간이 한 생만 살고 스러진다면 대자연(혹은 신)이 인간을 만든 목적을 어디서 찾아야 할지 모르겠습니다.

여기서 우리는 인식 전환을 꾀해볼 수 있습니다. 이것은 피에르 테일라르 드 샤르댕(1881~1955) 신부 같은 걸출한 사상가를 포함해 많은 선지자가 주장하는 바입니다. 그들에 따르면 대자연(혹은 신)이 인간을 이 세상에 출현시킨 것은 인간을 진화하게 하여 정점인 '오메가 포인트Omega Point'에 이르게 하기 위함이라고 합니다. 이렇게 생각하는 근거는 간단합니다. 그렇지 않으면 앞서 말한 것처럼 자연이 인간에 관한 한 너무나 큰 낭비를 하기 때문입니다.

오메가 포인트란 인류 진화의 종착점으로서 인간이 도덕적인 완성을 이루어 최고로 성숙한 인간이 되는 지점을 말합니다. 인류는 자신의 의사와 관계없이 이 종착점을 향해 가야 합니다. 이유는 간단합니다. 카르마 법칙이 우리를 그 방향으로 인도하며 몰고 가고 있기 때문입니다.

이마누엘 칸트(1724~1804)가 이런 말을 했다고 하더군요. 우리 인간이 자신의 도덕성을 완성시키기에 한 번의 생은 너무 짧다고 말입니다. 그렇다고 칸트가 환생을 인정한 것은 아닙니다만 저는 칸트의 주장에 상당히 일리가 있다고 생각합니다. 앞에서 언급했듯이 우리가 단 한 생애 만에 도덕적인 현자가 되는 것은 불가능한 일이기 때문입니다.

칸트는 도덕과 관련해서도 유명한 말을 남겼습니다. 그는 인간이 도덕적인 삶을 살게 하려면 두 가지 조건이 요청된다고 주장했는데, 두 가지 조건이란 사후생과 (그곳에 있는) 심판자를 말합니다. 인간은 사후에도 존재해야 하고 그곳의 심판자로부터 생전에 행한 것들을 심판받아야 한다는 것입니다. 만일 이 두 조건이 충족되지 않으면 인간은 도덕적으로 살 이유가 없다는 뜻이지요. 대단히 일리 있는 견해입니다. 인간이 살면서 행한 비도덕적인 언행을 심판받지 않는다면 우리는 누구든 마음 놓고 제멋대로 살 테니까요.

그렇다고 해서 칸트가 사후생과 심판자라는 요소가 실제로 존재한다고 주장한 것은 아닙니다. 그는 있어야 한다 혹은 요청된다고 에둘러 말했습니다. 철학자이니만큼 인간의 이성을 넘어서는 초월적인 주제에 대해 무척 말을 아꼈다는 인상입니다. 저는 이런 입장을 수용하면서 환생에 관해 이렇게 말하고 싶군요. 환생은 인간의 궁극적 완성을 위해 반드시 '요청'된다고 말입니다.

인간이 환생한다는
증거가 있나요?

다양한 분야의 여러 증좌

앞에서 저는 인간의 환생은 일단 요청된다고만 해두었습니다. 환생이라는 현상은 인간에게 꼭 필요한 조건이라는 것이지요. 이쯤에서 미국의 어느 전생 연구가가 했던 말이 생각납니다. 그는 그랜드캐니언 같은 웅장한 계곡을 만드는 데에 자연이 수백만 년의 시간을 썼는데, 지구에서 가장 존귀한 인간 영혼을 완성하는 데에 고작 백 년도 안 되는 시간을 할당한다는 것은 말이 안 된다고 주장했습니다.

우리가 사는 한평생의 세월은 우리의 영혼을 최고도로

성장시키기에 너무 짧다는 것이죠. 상당히 설득력이 있는 의견입니다. 이 사람은 아마 다음과 같이 말하고 싶었을 겁니다. 인간은 한 생만 사는 것이 아니라 장구한 세월 동안 수많은 환생을 통해 인격적인 완성을 달성한다고 말입니다.

주위를 둘러보면 인간이 환생한다고 주장하는 증거가 많이 있습니다. 아니, 많이 있는 정도가 아니라 차고도 넘칩니다. 그런데 사후생이나 환생을 부정하는 사람들을 대해보면 그들은 이렇게 산적한 증거들을 한 번도 제대로 살펴보지 않고 선입견으로 그런 태도를 취하는 경우가 많습니다. 무조건 부정하려 들면 아무것도 보지 못하는 법입니다. 이런 태도를 지니고 있으면 인간의 환생을 '증명' 하는 여러 증좌證左를 간과하기 십상입니다. 따라서 우리는 열린 마음으로 이 주제에 접근해야 할 것입니다.

인간의 환생을 긍정적으로 보는 주장으로 우선 불교 같은 세계 종교의 교리를 들 수 있습니다. 누누이 언급했듯이 불교(그리고 힌두교)는 진즉부터 인간은 환생한다고 주장해 왔습니다. 이 책에서 말하는 인간의 환생론과 카르마설은 불교의 주장과 다를 바가 없습니다. 그런데 이 주장에 대해 그런 것은 종교의 교리에 불과할 뿐 진실과는 다르다고 하는 사람들은 불교의 설명을 받아들이지 않을 것입니다. 만일 그들의 말대로 환생론이 불교에서 주장하는 설로 그쳤으면 이는 전 세계적인 반향을 얻지 못했을 겁니다.

그런데 20세기에 들어와 서양인들이 이 주제를 본격적으로 연구하면서 판도가 완전히 바뀌게 됩니다. 환생론을 긍정적으로 보는 사례들이 나타나기 시작했기 때문입니다. 그중에서 대표적인 예로 역행 최면이나 근사체험을 꼽을 수 있습니다.

이런 체험을 한 사람들은 일단 인간의 환생에 부정적인 생각을 갖지 않습니다. 외려 자신이 이미 수많은 생을 살았다는 사실을 발견하고 깜짝 놀랍니다. 그들은 최면 등을 통해 전생의 내 모습을 생생하게 재再체험한 사람들이라 자신 있게 인간은 환생한다고 주장하는 것입니다.

또 이와는 다른 분야이면서 같은 주장을 하는 부류의 사람들이 있습니다. 인간 세상과 영혼의 세계를 연결해 주는 영매medium가 그들입니다. 영매 역시 인간이 환생한다는 것을 너무나 당연한 사실로 여기고 있습니다. 이들은 고인이 된 사람의 영혼이 전하고 싶어 하는 메시지를 지상의 친지 등에게 전해주는 역할을 합니다. 그 과정에서 영매들은 인간이 환생한다는 사실을 자연스럽게 내담자들에게 전달하게 됩니다.

이제 남은 분야는 학계가 아닐까요? 학자들이 인간의 환생이라는 환상적인 주제를 그냥 지나칠 리가 없습니다. 인간의 환생을 학술적으로 연구한 학자로 미국 버지니아 의과대학에서 정신과 의사이자 교수로 재직했던 이안 스티븐슨(1918~2007)을 따라갈 사람은 없을 겁니다. 지금은 그의 연구가 꽤 소개되어 있고 또 제가 그의 연구를 총정리하여 단행본(《인간은 분명 환생한다: 이안 스티븐슨의 환생 연구에 대한 비판적 분석》, 2017)으로 출간해 국내에 소개한 바 있기 때문에 여기서 자세히 언급할 필요는 없겠습니다.

스티븐슨의 연구가 독보적인 것은 제도권에 있는 학자가 대부분의 교수들이 꺼리는 인간의 환생이라는 주제를 무려 40년이나 연구했다는 사실에 있습니다. 그 과정에서 그는 전 세계에 산재되어 있는 환생의 사례를 수천 건이나 수집했을 뿐만 아니라 용의주도하게 철저히 검증했습니다. 바로 이 점에서 그의 연구가 얼마나 탁월한지 알 수 있습니다.

그의 연구가 이전의 연구와 가장 다른 점은 검증이 가능한 사례만을 모았다는 것입니다. 인간의 환생과 관련해 다른 학자들이 제시하는 사례들은 대부분 검증이 불가능했습니다. 예를 들어 앞서 본 와이스의 환자 캐서린의 경우가 그렇습니다. 그녀는 자신이 전생에 태어나고 살았던 나라가 이집트나 스페인, 독일 등이라 했는데 이 주장들은 당연히 검증이 불가능합니다. 증명해 줄 기록이나 증인이 없기 때문입니다. 그렇지 않습니까? 그녀가 까마득한 과거에 이집트에서 하인으로 산 것을 도대체 누가 어떻게 증명해 줄 수 있겠습니까?

이 같은 사례 연구가 지닌 한계를 직시한 스티븐슨은 다른 학자들과 판연히 다른 독자적인 방법으로 이 주제에 접근했습니다. 바로 전생을 기억한다고 하는 어린아이들을 연구 대상으로 삼은 것입니다. 이 아이들은 직전생의 시기나 거처가 이번 생의 그것과 별로 떨어져 있지 않아 검증이 가능했기 때문입니다.

스티븐슨의 연구에 따르면 전생을 기억하는 아이들이 전하는 이야기는 대부분 비슷했습니다. 예를 들어 이 아이들은 두세 살 때가 되어 말문이 터지면 갑자기 내 집은 여기가 아니다, 나는 다른 곳에서 살았는데 거기에는 내 배우자와 자식들이 있다, 나를 거기로 데려가 달라고 하는 식의 생경한 이야기들을 계속해서 합니다. 이런 말을 듣고 실제로 스티븐슨 연구팀이 그곳을 찾아가 치밀하게 검증해 보면 그 아이가 말한 대로 직전생의 가족이 살고 있는 게 사실로 판명됩니다. 아이는 직전생에 가족을 두고 일찍 세상을 떠났고 얼마 안 돼 다른 환경으로 환생했던 것입니다.

이러한 사례 가운데 가장 많이 알려진 것은 2차 세계 대전에 미군 전투기 조종사로 참전했다가 이오지마 전투에서 일본군의 포탄을 맞고 추락해 사망한 제임스 허스톤 주니어의 예입니다. 그는 다시 미국에 환생해 이번 생에는 제임스 레이닝거라는 이름을 갖고 있었습니다. 조사 당시 그는 여섯 살이었다고 합니다. 레이닝거는 불에 타서 죽는 악몽을 자주 꾸었습니다. 이는 전생에 포탄을 맞아 불에 휩싸여 추락하는 전투기 안에 있던 자신을 기억하는 것이었습니다.

그뿐만이 아니라 그는 낮에도 이따금 자신의 전생에 대

해 이야기했다고 합니다. 그런가 하면 비행기에 대한 지식도 엄청났는데 그의 모친이 비행기에 대해 잘못 알고 있던 정보를 바로잡아주기도 했습니다. 또 전생의 전우들 이름을 또렷이 기억했는데 실제로 이들을 찾아보니 그의 말이 모두 사실로 판명되었습니다.

이 사례는 하도 드라마틱해 2004년 4월 15일 자 미국 〈ABC 뉴스〉에서도 다루었다고 합니다. 한국 TV에서도 방영된 적이 있습니다. 인기 프로그램인 MBC 〈신비한 TV 서프라이즈〉에 소개되었는데 이 방송분은 유튜브에서도 시청할 수 있으니 관심 있는 분들은 찾아보시기 바랍니다. 정말로 신기한 사례이기 때문입니다.

이렇듯 인간의 환생이 존재한다는 증좌는 많습니다. 그래서 '믿어라, 믿지 말아라'라고 할 필요도 없습니다. 이 사건은 외계인의 지구인 납치설처럼 믿을 수도 없고 믿지 않을 수도 없는 컬트적인 믿음과는 차원이 다릅니다. (여담입니다만 외계인의 지구인 납치설은 믿기에는 너무 황당한 이야기인데 그렇다고 안 믿자니 그런 경험을 한 사람이 너무 많아 그냥 무시하기도 점점합니다.)

그러나 환생설은 다릅니다. 인간이 환생하는 것은 사실

이기 때문입니다. 따라서 삶을 폭넓게 살고자 하는 분이라면 이 이론을 다시 한번 깊이 생각해 보시고, 그래도 환생설을 받아들일 수 없다고 하시는 분들은 그냥 그 신조대로 사시면 됩니다. 어떻게 반응하든 아무 문제가 없습니다. 이런 가르침은 절대로 강요할 수 없기 때문에 타인에게 종용해서는 안 됩니다. 때가 되면 누구나 다 알게 될 것입니다.

우리는 언제까지
지상에 환생해야 하나요?

 카르마를 다 소멸해 지구 학교를 졸업할 때까지

이야기가 여기까지 오면 또 궁금해지는 사안이 있습니다. 우리가 환생을 거듭해야 한다면 도대체 언제까지 환생해 야 하느냐는 것입니다. 다른 표현으로 하면 '나는 언제 이 지구 학교를 졸업하느냐'는 것이겠지요. 언제가 되어야 이 고통의 바다, 즉 고해苦海에 내려오지 않을 수 있느냐는 말입니다.

'지구 학교'라는 용어가 처음 나왔지요? 많은 환생 연구 가들은 이 지상을 지구 학교라는 이름으로 부르고 있습니다. 이에 대해서는 뒤에서 자세하게 다룰 예정입니다만 여기서 지구 학교라는 주제를 간단하게 설명하면 이렇습니다. 우리가 이 지상에 태어나는 목적은 배우기 위해서입니다. 그런 의미에서 학교라는 표현을 쓴 것이고 우리가 사는 이곳이 지구이니 '지구 학교'라고 명명한 것입니다.

그런데 학교는 졸업하기 위해 다니는 곳, 즉 졸업을 해야 하는 곳이 아닙니까? 그러니 우리가 언제 이 지구 학교를 졸업할 수 있을지 궁금하지 않을 수 없습니다. 사실 이것은 굉장히 중요한 문제입니다. 우리가 육신에서 해방되는 것과 관계되기 때문입니다. 우리는 시공의 제약을 받지 않는 자유로운 영혼의 상태로 있다가 지상으로 내려오기를 반복합니다. 그런데 지상으로 내려오면 육신 속에 갇히게(?) 됩니다.

우리는 지상에서 육신에 갇혀 사는 데에 너무도 익숙해진 나머지 육신 때문에 생기는 불편함을 잘 인지하지 못합니다. 사실 이 육신 하나 건사하는 일이 얼마나 힘이 듭니까? 매일 먹어줘야 하고 또 먹은 것을 배설해야 하며 노상 옷을 입혀줘야 합니다. 이런 것은 그래도 참을 수 있지만 한 번 아프기라도 하면 그 고통이 어마어마합니다. 감기 같은 약한 병에 걸려도 열 때문에 죽을 듯이 아플 수 있습니다. 그런가 하면 불치의 병에 걸린 사람들은 말로는 다 전할 수 없는 엄청난 고통을 호소합니다. 이 모든 것이 육신 때문에 생기는 일입니다.

이런 시각에서 본다면 죽음은 육신으로부터 해방되는 일이라고 할 수 있습니다. 따라서 죽음은 슬퍼할 일이 아니라 외려 크게 기뻐해야 할 일인지도 모릅니다. 그런데 우리는 이 힘든 지상에 자꾸 태어납니다. 어떻게 해야 이 세상에 태어나지 않을 수 있을까요? 원리적으로는 지상에서 만든 자신의 카르마를 다 소멸한 다음에야 가능합니다. 그래야 더 이상 지구 학교에 오지 않을 수 있습니다.

그런데 문제는 우리가 이 지상에 살면서 카르마를 소멸하기는커녕 계속해서 더 만들어낸다는 데 있습니다. 예를 들어 내가 A에게 큰 신세를 졌다거나 물질적이든 정신적이든 큰 피해를 주었다면 나는 카르마를 만든 것입니다. 일단 이렇게 카르마가 생긴 이상 나는 A와의 카르마를 풀기 위해 지상에 태어나야 합니다. 이런 사정 외에도 우리를 지상에 태어날 수밖에 없게 만드는 카르마적 요소는 매우 복잡하고 다양합니다.

그런데 이 카르마를 청산하는 일이 쉽지 않습니다. 왜

그렇다고 했습니까? 우리가 환생하는 데에는 여러 이유가 있습니다만 전생에 저지른 잘못을 풀기 위해 환생하는 것이 주목적인 경우가 많습니다. 그런데 이 잘못을 교정하는 일이 쉽지 않습니다. 이전 생에 저지른 잘못을 다시 가져오는 동시에 그 잘못을 반복할 잠재력도 같이 갖고 오기 때문입니다. 그러니까 전생에 나를 곤란하게 만들었던 내 기질이나 충동을 그대로 갖고 온다는 이야기입니다.

그래서 이전 생에 했던 방법과 유사한 방법으로 카르마를 해소하려 할 가능성이 큽니다. 그 결과 또 실패할 확률이 높아질 수 있습니다. 카르마를 풀지 못하면 우리는 다시 태어나야 합니다. 이런 면에서 카르마 법칙은 대단히 냉정합니다. 절대로 그냥 지나가는 경우가 없습니다. 우리는 반드시 카르마를 해소해야 합니다. 예를 들어보지요.

전생에 부부로 살면서 내내 다투다가 원수가 되어 이혼한 남녀가 있다고 합시다. 그들은 서로 다시는 만나지 말자고 되뇌면서 헤어졌습니다. 물론 그 생에서는 서로 만나지 않았겠지요. 그러나 이 둘 사이에는 부정적인 카르마가 형성되어 있습니다. 이 카르마를 풀기 위해 둘은 이번 생에 다시 태어납니다. 이 경우 그들은 반드시 만나게 됩니다. 전생에 그렇게 큰 증오의 감정을 갖고 헤어졌지만 이번 생의 첫 대면에서 서로 끌리게 될 가능성이 큽니다. 카르마 법칙이 그들에게 증오의 감정을 풀 기회를 주기 위해 이렇게 설정하는 것일 테지요.

서로에게 큰 호감을 느낀 두 사람은 또 결혼합니다. 그러나 그들은 곧 전생에서처럼 심하게 싸우기 시작합니다. 전생에 했던 일을 반복하는 것이지요. 결국 다시 큰 원한을 품고 이혼합니다. 전생의 악연을 반복하는 것입니다. 둘 중에 누군가가 심기일전하지 않으면 이 일은 계속해서 반복될 수 있습니다. 또다시 태어나 이와 비슷한 관계를 형성하고 부정적인 카르마를 풀기 위해 재차 시도할 것입니다. 이렇게 되면 지구 학교를 졸업하는 날이 자꾸 멀어집니다. 언제 이 학교를 졸업할 수 있을지 난감할 뿐입니다.

다시 서두에서 던진 질문으로 돌아가 봅시다. 우리는 언제까지 지상에 환생해야 할까요? 답은 간단합니다. 우리는 이 지상에서 만든 카르마를 다 해소할 때까지 환생해야 합니다. 물론 '나는 육신을 갖고 이렇게 사는 게 정말

좋다'라고 생각한다면 얼마든지 환생해도 좋습니다. 그러나 '나는 하루빨리 이 지구 학교를 졸업하고 싶다'라고 생각하는 분들은 어떻게 해서든 이번 생에 새 카르마를 만드는 일을 줄여야 합니다. 이것은 대단히 중요한 주제라 이어지는 장에서 자세히 보겠습니다.

환생을 멈추려면
어떻게 해야 하나요?

헛되이 들인 노력과 시간을
회수하고 지혜 쌓기

앞의 주제에 대해 생각하다가 문득 이런 궁금증이 생겼습
니다. 도대체 우리네 보통 사람들은 얼마나 많은 생을 살
아야 환생을 멈출 수 있을까 하는 것 말입니다. 카르마 법
칙은 인간이 도덕적으로 균형을 이루어 인격을 완성하도
록 돕는 법칙이라고 했습니다. 따라서 대단히 어렵기는
하지만 카르마 법칙을 잘 따른다면 언젠가는 인격의 완성
을 이룰 수 있을 것입니다.

이 질문에 대해 뛰어난 명상가이자 사상가로 이름이 높
은 맨리 홀(1901~1990)은 자신의 저서《환생, 카르마 그리

고 죽음 이후의 삶》(원제《Past Lives and Present Problems》)에서 재미있는 대답을 내놓았습니다. 그는 인간이 이 지구 학교를 졸업하려면 평균적으로 800생을 살아야 한다고 주장했습니다. 어떤 근거로 800생을 주장했는지에 대해서는 밝히지 않아 이 숫자가 어떻게 나왔는지는 알 수 없습니다.

어떻든 이 800이라는 숫자를 맹신해서는 안 될 것입니다. 사람마다 편차가 클 수 있기 때문입니다. 어떤 사람들은 이미 많은 생을 살아 충분한 지혜를 획득하고 높은 수준에 도달했을 수 있습니다. 이들은 보통 '올드 소울Old Soul'이라 불리는데 인격이 매우 성숙한 사람들을 말합니다. 삶의 식견이 높아 지혜로우며 항상 남을 도우려고 노력할 뿐만 아니라 성품이 너그럽고 유머가 넘칩니다. 대체로 이런 사람들은 지구 학교의 졸업반이거나 그 근처에서 졸업을 앞둔 학생이라 할 수 있습니다.

이와 달리 여전히 이기적이고 남을 배려하지 않을 뿐만 아니라 미련한 구석이 많고 고집이 강하며 걸핏하면 남을 적대시하는 사람이 있다면 그는 졸업과는 거리가 먼 사람입니다. 증오심을 남발하는 사람도 마찬가지입니다. 이런 사람들은 지구 학교의 초년생이라 할 수 있지요.

그런데 이 800생이라는 게 말이 그렇지 실제로 따져보면 얼마나 긴 세월입니까? 한 생을 70년이라 보면 800생은 무려 5만 6천 년이나 되는 엄청난 세월입니다. 맨리 홀이 주장한 이 이론이 맞는다면 우리는 이렇게 긴 세월 동안 이 생사의 고해에 들어와 사는 것이 됩니다. 다른 식으로 말하면 육신이라는 감옥에 800번이나 수감되는 것입니다. 지혜롭지 못한 사람은 이보다 훨씬 더 많은 횟수에 걸쳐 환생할 수도 있습니다. 어떻든 이 지긋지긋한 일을 평균 800번이나 반복한다니 앞이 막막합니다.

그러나 만일 이 사실을 정확히 이해하고 기꺼이 받아들인다면 우리는 바로 자기 삶의 스타일을 바꿀 수 있습니다. 카르마 법칙이 제시하는 도덕적인 삶을 살도록 말입니다. 이렇게 되면 다른 사람을 괴롭히거나 속이는 일은 꿈에도 생각하지 않을 겁니다. 윤리 교육이 아예 필요 없게 됩니다. 그 이유는 여러분도 잘 아시겠지요? 예상하는 것처럼 우리가 도덕적인 삶을 살지 않으면 카르마 법칙이 관여해 고통을 주기 때문입니다.

여러분이 이 의견에 동의한다면 지금부터 가장 힘써

야 할 것은 하루빨리 지구 학교를 졸업하기 위해 노력하는 일입니다. 우선 돈이나 명예, 인기, 권력 등과 같은 세속적인 것들이 얼마나 허망한지를 깨달아야 합니다. 그런 허망한 것을 추구하느라 헛되이 들인 노력과 시간을 어서 회수해야 할 것입니다.

제가 지금까지 경험하고 공부한 바에 따르면 지구 학교를 졸업하기 위해서는 지혜를 쌓는 일이 가장 좋습니다. 물론 선행도 좋은 방법이지만 가장 좋은 길은 아닙니다. 이 대목에서 우리가 받는 복을 두 가지로 나누는 불교 교리가 생각납니다. 유루복有漏福과 무루복無漏福이 그것입니다. 유루복은 새는 복이고 무루복은 새지 않는 복이라는 뜻이지요. 일반적으로 선행이 유루복에 해당하고 지혜는 무루복에 해당합니다. 선행을 하면 우리는 '복'이라는 좋은 과보를 받습니다. 그런데 그 과보는 선행한 만큼만 받고 그것을 다 받으면 더 이상의 복은 없습니다. 그래서 '샌다'고 하는 것입니다. 다 새고 나면 아무것도 남지 않습니다.

그에 비해 지혜를 얻게 되면 그로 인해 받는 복은 새는 게 없습니다. 영원한 복을 받는 것이지요. 즉, 인생이 돌아가는 카르마 법칙의 요체를 깨달으면 그것으로 우리는 언젠가 카르마 법칙을 넘어설 수 있습니다. 그래야 이 지구학교를 졸업하고 환생하는 일을 그칠 수 있습니다. 그러니 영원한 복을 받을 수 있는 것입니다.

사실 선행을 하는 것도 카르마를 만드는 일입니다. 그래서 그 과보를 받는 것입니다. 남을 사랑하는 것도 큰 카르마를 짓는 일입니다. 애착이 생기는 일이기 때문에 그렇습니다. 그러면 우리는 이 카르마를 소멸하기 위해 또다른 일을 해야 합니다. 따라서 이런 일 말고 지혜를 닦아야 합니다. 지혜만이 우리로 하여금 카르마를 짓지 않게끔 해주기 때문입니다.

카르마를 짓지 않는다는 것은 우리가 더 이상 원인을 만들지 않아 더 이상의 과보가 없게 되는 것을 뜻합니다. 이렇게 과보를 받지 않게 되어야 이 지상에 환생하는 일을 멈출 수 있습니다. 그러니 지혜를 닦는 일이 얼마나 중요한지 아시겠지요?

그런데 지혜를 닦을 수 있는 인연을 만나는 것은 쉬운 일이 아닙니다. 좋은 안내자나 도반이 있어야 하기 때문입니다. 지금 그런 인연을 만날 수 없다 해도 낙심할 필요는 없습니다. 도반이나 안내자를 만날 수 있는 좋은 환경을 만들기 위해 노력하면 되기 때문입니다. 그 노력 중 하나가 선행을 쌓는 일입니다. 선행을 많이 해서 좋은 과보를 많이 받으면, 미래의 어떤 생이 될지 모르지만 참다운 지혜를 얻게 해줄 훌륭한 인연을 만날 것입니다.

불교를 한마디로 정의할 때 '자비와 지혜의 가르침'이라 이르는데 이 표현이야말로 우리 삶의 목표를 정확하게 묘사하고 있다고 하겠습니다.

3장

지금의 나!
내가 지은 대로

'나'는
누구인가요?

 현실의 나(카르마의 집적체)를 찾기

"나는 누구인가?"

이와 같은 질문은 종교에서 가장 많이 하는 질문일 것입니다. 특히 불교, 그중에서도 선불교에서 많이 나오는 질문입니다. 불교에서는 우리가 깨달음을 얻으려면 진아眞我, 즉 '참나'를 찾아야 한다고 말합니다. 그래서 많은 불교도들이 다리를 틀고 앉아 화두를 들고 참나 찾기에 몰두합니다.

그런가 하면 20세기 인도의 최고 요기 중 한 명인 라마나 마하리쉬(1879~1950) 역시 이 질문을 화두로 삼았습니다. 그래서 자신을 찾아온 모든 사람들에게 같은 질문을 던졌습니다. 그 질문을 통해 참나를 찾으라는 것이었지요.

이처럼 나를 찾는 일은 대단히 숭고한 작업입니다. 그런데 문제는 이 일을 성공적으로 완수하기가 대단히 힘들다는 데에 있습니다. 주위를 둘러보면 깨달음을 얻어 참나를 찾았다는 사람을 발견하기가 매우 어렵습니다.

솔직히 말해 우리 같은 보통의 사람들은 깨달음을 얻을 확률이 제로에 가깝다고 해도 그리 틀린 견해가 아닙니다. 선방에서 몇십 년 동안 참선한 승려들 가운데에도 깨친 이를 보기 힘든데 수련도 하지 않으면서 일상을 살아가는 우리가 깨친다는 것은 어불성설이겠지요. 불교 용어로 말해 우리는 업장이 너무 '두터워' 깨침을 얻는 일이 거의 불가능하다고 할 수 있습니다.

참나는 보통의 지력으로는 알 수 없는 대단히 심오한 개념입니다. 이런 주제에 관심이 없는 사람들에게는 아무리 참나에 대해 설명해도 잘 알아듣지 못합니다. 아니, 참나는 평소에 종교철학을 조금 공부한 사람들에게도 설명하기 힘든 개념입니다. 여기서 참나에 대해 얼마든지 장황하게 설명할 수 있지만 지금은 그런 자리가 아니니 그냥 넘어가겠습니다.

'나는 누구인가?'라는 질문과 관련해 우리는 현실적이어야 합니다. 이게 무슨 말일까요? 모든 현상을 넘어선 참나에 대한 추구를 접고 이번 생에 여러 가지 조건으로 제한되어 있는 나를 모색해야 한다는 의미입니다. 어차피 참나를 깨닫는 일은 불가능에 가까우니 우리가 할 수 있고 해야 하는 현실의 나를 찾자는 것입니다. 후자가 훨씬 더 화급한 일이기 때문입니다.

그런데 이번 생에 내가 처한 환경과 부여받은 여러 조건은 모두 내 카르마가 만든 것이라고 했습니다. 내가 어떤 부모 밑에서 태어날지, 어떤 성향이나 재능을 타고날지, 어떤 장점과 단점을 지닐지, 더 나아가 어떤 일을 해야 하는지와 같은 조건이 모두 내 카르마에 의해 결정됩니다.

이런 관점에서 보면 '나는 누구인가'라는 질문에 어떻게 답할 수 있을까요? 아마 답을 짐작하고 계실 겁니다. 그 답은 '나는 이번 생에 한정된 카르마를 지닌 의식체(혹은 정신, 영혼)'라는 것입니다. 이것이 가장 현실적인 답입니다.

앞에서 말한 참나가 이 현실을 넘어선 의식체인 반면,

카르마에 의해 형성된 나는 현상으로 나타난 나입니다. 그런데 우리는 현상으로 나타난 '나'에 대해서도 무지합니다. 이번 생에 자기가 부여받은 카르마를 제대로 알고 있는 사람이 얼마나 있겠습니까? 현상의 나조차 모르면서 현상을 넘어선 나를 찾는 일은 성공할 가능성이 희박합니다.

이것은 흡사 중·고등학교를 졸업하고 곧장 대학원 박사 과정으로 가는 것과 비슷합니다. 어떤 학교에서도 이런 식의 월반은 허용하지 않습니다. 박사 과정에 들어가려면 순차적으로 학사와 석사 과정을 마쳐야 합니다. 이렇게 차근차근 기초를 쌓아야 합니다.

이 관점에서 보면 우리가 이번 생에 가장 역점을 두고 해야 할 일은 자신의 카르마를 가능한 한 빨리, 그리고 정확하게 파악하여 그에 맞는 인생의 계획을 세우는 일입니다. 여기에는 두세 가지 중요한 일이 있습니다. 우선 자신의 카르마에 의해 정해진 천직을 찾아야 합니다. 이 일은 자신의 행복을 위해 꼭 해야 하는 작업입니다. 천직을 찾지 않으면 행복을 포기한 것이나 다름없습니다.

그다음으로 해야 할 일은 다른 사람과 얽혀 있는 카르

마를 소멸하는 작업입니다. 우리는 여러 가지 일로 다른 사람과 카르마가 얽혀 있습니다. 여기에는 좋은 것도 있고 그렇지 않은 것도 있겠지요. 이때 가장 중요한 것은 가능한 한 카르마를 더 쌓지 않는 방향으로 가야 한다는 사실입니다. 예를 들어 내가 불행한 일을 당하더라도 남을 원망하거나 해코지하지 않게끔 조심해야 합니다. 그래야만 카르마가 더 쌓이지 않고 소멸하기 때문입니다. 이것을 불교에서는 '업장 소멸'이라고 하지요.

이렇게 보면 우리가 삶을 살아가면서 가장 중요하게 생각해야 할 것은 다음 두 가지라고 할 수 있습니다. '어떻게 하면 내가 영적으로 성장할 수 있을까'에 대한 것과 '그것을 어떻게 하면 실천에 옮길 수 있을까'에 대한 것 말입니다. 어떤 상황과 마주치든 우리는 지금 여기서 내가 성장할 수 있는 방법이 무엇인지를 생각해야 합니다.

이번 생의 나는
어떻게 형성된 것인가요?

 3개의 몸(육체와 미세체, 그리고 원인체)

카르마를 공부하면서 환생을 사실로 받아들였다면 그다음으로 나올 수 있는 질문은 아마 '이번 생의 나는 어떻게 형성된 것인가'에 관한 것이 아닐까 합니다. 사실 이것은 앞에서 부분적으로 다룬 주제입니다. '나는 누구인가?'와 같은 질문에 '현실에 나타난 나는 카르마의 집적체'라는 답을 제시했습니다. 그러니까 내 외모와 성격, 타인과 다른 재능과 환경 등이 모두 카르마에 따라 결정된 것이라고 했습니다. 일단 그 사실을 인정하고 지금부터는 그런 것들이 형성되는 과정에 대해 보았으면 합니다.

이 과정을 알려면 먼저 인간이 지닌 몸부터 설명해야 합니다. 여기서 말하는 '몸'은 육체만을 뜻하는 게 아니라 영체(혹은 영혼)도 포함합니다. 이에 대한 여러 가지 설 가운데 저는 가장 간단한 설명을 제시하려고 합니다. 세간의 설명을 보면 영체를 세분화해서 복잡하게 다룬 이론이 많습니다만 설명은 간명할수록 좋습니다. 간단하면서도 명확한 설명이 좋다는 것이지요. 그래서 저는 고대 인도인들이 인간의 몸을 연구해 《베다》에 밝힌 것을 택해 설명하고자 합니다.

《베다》에 따르면 우리는 지상에 있을 때 3개의 몸을 갖고 삽니다. 육체gross body, 미세체subtle body, 그리고 원인체causal body가 그것입니다. 여기서 미세체와 원인체는 영체라고 할 수 있는데 그 역할이 조금 다릅니다. 원인체는 말 그대로 앞의 두 몸, 즉 육체와 미세체를 만들어낸 원인의 몸이라 할 수 있습니다. 그런 의미에서 원인체는 영원히 존재하는 인간의 영혼이겠지요. 반면 미세체는 원인체와 육체를 매개하는 역할을 합니다. 그래서 미세체는 육신이 사라지면 시차를 두고 그 뒤를 따라 사라지게 됩니다.

이 지식을 염두에 두고 이번 생의 내가 형성되는 과정

을 보면 다음과 같이 진행된다고 추정할 수 있습니다. 먼저 내가 영혼들의 세계에서 원인체 형태로 있다가 환생하기로 결정했다고 합시다. 이렇게 결정한 이유는 카르마를 소멸시킬 수 있는 기회가 왔기 때문입니다. 그런데 이 일을 결정할 때, 영혼들의 세계에 있는 고급령들이 많은 도움을 준다고 합니다. 그 세세한 사정에 대한 설명은 생략합니다마는 그들은 특히 당사자가 환생할 때가 되었는지, 환생한다면 어떤 가정에 태어나는 게 적절한지 등을 결정할 때 조언을 해주는 것으로 알려져 있습니다. 이렇게 고급령들은 내가 카르마를 소멸할 수 있는 최적의 환경을 제시하는데 종종 그 제안이 나에게 편하지 않을 수도 있습니다.

어떻든 일단 내가 환생하기로 결정했으면 (고급령과 협의하면서) 지상에서 어떤 카르마를 충족 혹은 소멸할 것인지를 결정해야 합니다. 원인체에는 내가 이 세상에 나타난 이래로 겪은 모든 경험들이 저장되어 있는데 그중에서 이번 생에 가져갈 카르마를 스스로 선택해야 합니다. 저장된 정보가 너무 많아 그것을 다 가지고 갈 수도 없고 그럴 필요도 없습니다. 이번 생과 관계된 카르마만 선정하면

됩니다.

우리의 영혼은 그 저장 능력이 무한대인 것 같습니다. 와이스의 환자였던 캐서린의 경우를 보면, 그녀는 선사시대 때부터 존재했는데 그때 이후의 모든 경험이 모두 그녀의 영혼에 저장되어 있었다고 합니다. 이것은 역행 최면 덕에 알아낸 사실입니다. 최면 상태에서 내담자들은 아무리 오래된 전생이라도 그때의 삶을 매우 생생하게 기억해 냅니다. 이것은 내담자가 자신의 영혼에 저장된 정보를 읽어내는 것이니 영혼의 저장 능력이 얼마나 대단한지 알 만하겠습니다.

저장된 그 많은 정보 가운데 이번 생에 해결할 카르마를 선택해야 한다고 했는데 그 구체적인 내용은 이렇습니다. 즉, 다음 생에 어떤 육신을 갖고 태어날지, 어떤 가정에 태어날지, 어떤 직업을 가질지, 어떤 인간관계를 맺을지, 어떤 사건을 겪을지 등을 결정해야 합니다. 이렇게 사전에 정하는 것은 내 카르마를 소멸할 수 있는 최적의 환경을 만들기 위해서입니다.

우리가 어떤 조건과 환경에 태어나든 그것은 모두 자신의 카르마를 해결하기 위해 만들어낸 것임을 잊어서는 안 됩니다. 이 사실에 동의한다면 여러분은 이번 생에 처한 자신의 환경에 불만을 갖지 않겠지요? 내가 만든 것인데 누구를 원망하겠습니까?

다시 주제로 돌아가서, 카르마 선정 작업이 끝나면 원인체는 그 정보를 가지고 미세체라는 프로그램을 만듭니다. 이렇게 만들어진 미세체는 태아가 생길 때부터 관여하여 그 안에 저장되어 있는 정보대로 나를 만들어갑니다. 자신에게 저장된 프로그램에 따라 다음 생의 육신과 마음을 빚는 것입니다.

내가 세상에 태어난 후에는 이 미세체가 나의 육신과 긴밀한 관계를 가지면서 이미 저장해 놓은 정보대로 삶이 흘러가게 만듭니다. 태어나기 전에 계획한 일들이 문제없이 발생하도록 조정하는 것입니다. 이처럼 미세체는 평생 육체와 함께 갑니다. 그러다가 육신이 죽음을 맞이하면 미세체의 소명도 끝이 나지요.

이 미세체에는 해당 생에 내가 행한 모든 언행과 생각이 저장되어 있습니다. 그래서 육신이 멸한 후에 미세체는 그 생 동안 저장한 정보를 원인체에 넘깁니다. 이 일이 끝나면 미세체는 육신의 뒤를 이어 흩어져 없어집니다.

이번 생의 나는 이런 방식으로 형성된다고 하겠습니다. 물론 이것은 추정이지만 고대의 이론에 바탕을 둔 것이니 상당히 타당성이 있을 것입니다. 그러나 미세체가 어떤 식으로 이번 생의 흐름을 조정하는지는 구체적으로 알려져 있지 않습니다.

우리가 알아야 할 것은 미세체나 원인체의 작업으로 형성된 자신만의 카르마를 알아내는 일입니다. 그리고 내 삶이 그 프로그램대로 잘 가고 있는지 정확하게 점검해야 합니다. 인간은 자유의지를 갖고 있기 때문에 얼마든지 자신의 명命을 거부하고 다른 방향으로 엇나갈 수 있습니다. 그럴 경우 본인이 가장 큰 손해를 봅니다. 여러분은 부디 쓸데없는 시행착오를 가능한 한 겪지 않으시길 바랄 뿐입니다. 그러나 그렇게 엇가더라도 카르마 법칙은 곧 다시 새로운 길을 제시해 주니 크게 걱정할 일은 아닙니다.

전생의 나와 이번 생의 나는
같은 사람인가요?

본체는 같으나 현현은 달라

이번에는 환생과 관련해 조금 논쟁적인 주제를 하나 꺼내
보겠습니다. 물론 이것은 인간은 환생한다는 것을 전제로
하고 있습니다. 전생의 나라고 생각되는 자아와 이번 생
의 나는 같은 존재인가, 다른 존재인가 하는 문제입니다.
이 질문의 배경은 간단합니다.

이번 생의 나는 분명 전생의 나에게서 비롯되었습니다.
그런데 전생의 나와 이번 생의 나는 모든 것이 다릅니다.
외모와 가족 관계를 비롯해 직업이나 인간관계 같은 사회
적인 조건도 다릅니다. 그러니 전생의 나와 이번 생의 내

가 같은 사람인지 의구심이 드는 것은 당연합니다.

이 질문에 대한 대답은 '둘 다 맞다'입니다. 그러니까 전생의 나와 이번 생의 나는 같으면서도 다르다는 것입니다. 조금 더 이론적으로 말하면 전생의 나와 이번 생의 나는 '본체는 같으나 현현은 다르다'는 것이지요. 즉, 뿌리는 같지만 가지는 다르다는 말입니다.

여러분도 이런 대답을 예상하셨을 겁니다. 이것을 앞에서 본 인간의 몸에 관한 이론으로 설명해 보면, 전생의 나와 이번 생의 나는 원인체가 같다는 점에서 양자가 같다고 할 수 있습니다. 그러나 나머지 몸인 미세체와 육체는 두 생의 것이 같지 않습니다. 특히 미세체에 저장된 프로그램이 다르기 때문에 두 생의 '나'는 같을 수 없습니다. 그 당연한 결과로 이 두 생의 몸도 다를 수밖에 없습니다.

이것을 비슷한 상황을 설정해서 비유로 설명해 보지요. 우리는 '다섯 살 때의 나와 60대 중반이 된 나는 같은 사람일까요, 다른 사람일까요?' 하는 질문을 던져볼 수 있습니다.

이 경우 답을 예측하는 일은 어렵지 않습니다. 두 상태에는 확실한 연속성이 있으니 둘 다 틀림없이 '나'입니다.

그러나 문제가 그렇게 간단한 것 같지 않습니다. 이런 경우를 상상해 봅시다.

만일 지금의 내가 다섯 살 때의 나를 코앞에서 직면하게 된다면 그를 나라고 알아볼 수 있을까요? 제 생각에는 그 어린아이가 나일 것이라고 금세 알아볼 것 같지 않습니다. 어릴 때의 나를 본다면 무언가 친숙한 듯 인연이 느껴질 수는 있겠지만 '저게 바로 나다'라는 확신은 들지 않을 것 같다는 말입니다.

이유는 간단합니다. 그사이에 달라진 게 너무 많기 때문입니다. 특히 어렸을 때 잠재되어 있던 성향들이 나이를 먹으면서 많이 발현되어 지금의 나는 완전히 다른 사람이 되었기 때문입니다. 그러니 지금 입장에서 어릴 때의 나를 보면 다른 사람처럼 느껴질 것이고 마찬가지로 어린 내가 60년 후의 나를 마주해도 다른 사람처럼 보일 것입니다.

이렇게 한 생에서도 나이 차가 크면 내가 나를 알아보기 힘드니 전생의 나와 이번 생의 나는 서로 알아보기가 더 힘들지 않을까요?

여러분은 이전 생의 나와 이번 생의 내가 서로 낯설게

느끼는 이유가 무엇이라고 생각하십니까? 대답은 이미 나와 있는 것이나 다름없습니다. 짐작하셨겠지만 전생의 나와 이번 생의 나는 카르마가 다릅니다. 이것이 양자의 결정적인 차이입니다.

예를 들어 어떤 사람이 전생에 유명한 정치인으로 살다가 이번 생에 어느 빈한한 가정에 태어났다면 이 두 생의 그가 지닌 카르마가 어떻게 같을 수 있겠습니까? 혹은 전생에 부잣집 하녀로 살다가 이번 생에 군인이 되어 전장에서 싸웠다면 두 자아는 또 얼마나 다른 생을 산 것이 되겠습니까? 사정이 이러하니 두 생의 사람이 만난다 해도 자신들이 같은 영혼에서 나왔다는 것을 모를 수 있을 것 같습니다.

물론 반대의 경우도 생각해 볼 수 있습니다. 전생의 삶과 이번 생의 삶이 비슷하게 전개되는 경우 말입니다. 가령 어떤 사람이 전생에는 서양 고전음악 작곡가로 살다가 이번 생에 유명한 대중가요 작곡가 겸 가수로 살고 있다면 두 사람이 만났을 때 서로 굉장한 친연 관계를 느낄 수 있을 것 같습니다.

이것은 저의 공연한 상상이 아니라 유명인들의 전생을

다룬 데이비드 벵슨의 《유명한 사람들의 전생 이야기》(원제 《Past Lives of Famous People》)에 나온 한 예를 염두에 두고 한 말입니다. 물론 '믿거나 말거나' 과에 속하는 이야기이지만 재미있어서 소개해 봅니다.

이 책에서 저자는 미국의 유명한 가수였던 닐 다이아몬드가 전생에 요제프 하이든이었다고 주장합니다. 만일 이것이 사실이라면 두 사람이 만날 경우 서로를 단번에 알아보지 않을까 하는 생각입니다. 모두 음악의 대가라서 두 사람은 자신들이 '음악'이라는 깊은 인연으로 연결되어 있다는 생각을 할 것 같습니다.

앞에서 저는 전생의 나와 현생의 나는 카르마가 다르기 때문에 서로 생소하게 느낄 것이라고 했습니다. 그럼에도 불구하고 전생의 인격과 이번 생의 인격에는 어떤 일관된 정신이 흐르고 있을 것이라고 생각됩니다. 인간의 영혼을 연구하는 사람들에 따르면 우리의 영혼에는 각기 고유한 성향 혹은 파동이 있다고 합니다. 우리는 다음과 같은 경우에 그 파동을 알아차릴 수 있다고 합니다.

동의하실지 모르지만 가끔 고인의 영혼이 지상에 있는 가족에게 현현하는 경우가 있습니다. 그때 가족들은 그 영혼이 눈에 보이지 않더라도 그가 누구인지 금세 알아차린다고 합니다. 바로 그의 파동을 느낄 수 있기 때문이지요. 이것을 우리의 지문에 비유해서 설명하기도 합니다. 모든 사람에게 자기만의 고유한 지문이 있듯이 영혼에게도 그들만의 고유한 파동이 있다는 것입니다.

저는 그 고유한 파동을 '영문靈紋'이라는 단어를 사용해 표현하기도 합니다. 아마도 우리 각자는 이 영문을 계속 유지하면서 전생과 이생을 오가는 환생을 거듭할 것입니다. 적어도 이 지구 학교를 졸업할 때까지는 말입니다.

나는 이전 생에도
한국인이었나요?

반드시 그런 것은 아니지만 대체로 그러해

만일 여러분이 환생 개념을 받아들인다면 자신의 전생이 궁금할 것입니다. 그러면서 나는 이전 생에도 한국인으로 살았을까 하는 의문이 들 수도 있습니다. 이것은 국적의 연속성에 관한 것입니다. 생을 달리해도 국적은 이전 생의 것과 같을까요?

또한 이번 생의 가족은 이전 생에 어떤 관계였는지 궁금할 수 있겠지요. 예를 들어 이번 생의 내 남편이 이전 생에는 나와 어떤 관계였는지 궁금할 수 있다는 것입니다. 이것은 가족 관계가 생을 뛰어넘어 지속되는지에 대

한 질문입니다. 그런가 하면 이번 생에 내가 택한 직업이
나 종교가 전생의 것과 어떤 관계가 있는지에도 의문이
생길 수 있습니다.

이 질문들에 대한 대답은 '대체로 그렇다'입니다. 이들
은 카르마의 연속성과 관계되는 질문입니다. 카르마 법칙
을 깊이 연구한 전문가들에 따르면 이전 생에 내가 지녔
던 성향이나 성격을 비롯해 국적, 종교, 인종, 직업 등은
이번 생에도 지속된다고 합니다. 반드시 그렇다는 것은
아니고 대체로 그렇다는 것입니다. 이것은 조금만 생각해
보면 알 수 있는 문제입니다.

먼저 첫 번째 질문부터 답을 하자면, 이번 생에 한국인
인 나는 다음 생에도 한국인으로 태어날 확률이 높습니
다. 이번에도 꼭 그렇다는 것은 아닙니다. 사람 일은 쉽게
단정할 수 없으니 대체로 그렇다고 한 것입니다. 한번 생
각해 보십시오. 특히 미시적으로 볼 때 국적은 잘 바뀌지
않습니다. 당연하지 않겠습니까? 이번 생에 우리가 한국
땅에 살면서 얼마나 많은 한국인들과 많은 카르마를 쌓았
겠습니까? 그러니 이 카르마를 해소하려면 다시 한국 땅
에 태어나야 할 것입니다.

그러나 거시적으로 보면 국적이 바뀌는 경우도 드물지 않은 것 같습니다. 예를 들면 이런 식이지요. 어떤 영혼이 수천 년 전에는 이집트에서 살다가 그다음 생에는 중세 유럽에서 환생했고, 그렇게 유럽 대륙에서 살다가 20세기에는 미국에서 환생하는 식 말입니다. 그 비근한 사례가 바로 와이스의 내담자인 캐서린입니다. 캐서린의 여러 생이 대체로 이런 순으로 전개되었지요.

또한 에드거 케이시가 제시하는 사례에도 이 같은 패턴으로 환생을 거듭한 사람들이 적지 않았습니다. 이처럼 나라를 바꾸면서 환생한 데에는 적절한 이유가 있을 겁니다. 추측건대 이것은 당사자가 속한 집단이 무더기로 환생하는 지역을 바꾸면서 태어났기 때문에 생긴 현상이 아닐까 합니다.

그 해당 집단은 왜 무더기로 환생 지역을 바꾸게 된 것일까요? 이것은 사안별로 다르기 때문에 일률적으로 설명할 수는 없습니다. 그러나 앞에서 든 예는 설명이 가능합니다. 이 영혼이 환생 지역을 유럽에서 미국으로 바꾼 이유는 당시 유럽인들이 대거 미국으로 이주했기 때문으로 보입니다. 그래서 환생 지역이 자연스럽게 바뀐 것으로 생각됩니다.

환생을 연구하는 전문가들에 따르면 이번 생에 가족이
된 구성원들은 수많은 생 동안 그 관계를 바꾸어가면서
계속 가족으로 지낸다고 합니다. 이것도 그럴 확률이 높
다는 것이지 항상 그렇다는 것은 아닙니다. 이 같은 연속
성의 예를 들어보면, 이전 생에 내 할머니였던 사람이 이
번 생에는 내 딸로 태어나는 경우가 있습니다. 역행 최면
으로 전생을 조사해 보면 이처럼 관계를 달리하면서 가족
으로 태어나는 경우가 매우 많은 것을 알 수 있습니다.

이는 당연한 일로 보입니다. 굳이 이전 생을 언급하지
않아도 우리는 이번 생의 가족과 현생을 살면서 수많은
카르마를 만들고 있습니다. 그런데 그러한 생활을 이전
생에도 했을 터이니 그때에는 서로 얼마나 많은 카르마를
만들었겠습니까? 바로 그 카르마를 소멸하기 위해 다시
같은 가족으로 태어나는 것입니다.

사정이 그렇다면 국적이 바뀔 리가 없습니다. 같은 가
족으로 태어나는데 국적이 바뀔 수는 없을 테니까요. 마
찬가지로 인종도 달라지지 않겠지요. 한 가족인데 인종이
바뀔 수는 없지요. 종교도 사정은 비슷합니다. 같은 가족

이면 종교 역시 같은 경우가 많을 것입니다.

그런데 이 같은 카르마의 연속성이 통하지 않는 사회도 있습니다. 특히 미국 같은 다인종 사회나 다종교 사회에서 그런 경우가 많이 발견됩니다. 예를 들어 노예제가 존재하던 미국사 초기 시절이 그렇다고 하겠습니다.

케이시 등이 내담자의 전생을 읽어낸 것을 살펴보면 흑인 노예를 유난히 괴롭힌 백인이 다음 생에 흑인 노예로 환생하는 경우가 종종 보고되었습니다. 이 경우에 카르마 법칙이 매우 단순하게 작동된 것을 알 수 있습니다. 단순한 되갚음이지요. 당신이 주인으로서 노예들을 비정상적으로 학대했으니 이번 생에는 당신이 노예가 되어보라는 것입니다. 이로써 다른 사람을 학대하는 것이 얼마나 나쁜 일인지 체득하라는 것이지요. 일종의 학습 기회를 주는 겁니다. 누누이 밝혔지만 카르마 법칙은 결코 인간에게 징벌을 내리는 법칙이 아닙니다. 당사자로 하여금 잘못한 것을 깨닫고 영적인 성장을 할 수 있도록 기회를 제공해 주는 법칙입니다. 어떻든 이런 경우는 생을 달리하면서 자연스럽게 인종이 바뀌는 사례라고 할 수 있습니다.

종교도 상황은 비슷합니다. 우리는 생을 달리하면서 같

은 가족 내에 태어나는 경우가 많으니 종교가 쉽게 바뀔 리가 없습니다. 그러나 당사자가 다종교 사회에 살고 있다면 생이 바뀔 때 종교가 바뀔 수도 있을 것입니다. 이때 제가 많이 드는 예가 이스라엘과 팔레스타인에 살고 있는 사람들입니다.

아시다시피 이 두 나라는 오래전부터 끊임없는 분쟁 상태에 있습니다. 그런데 어떤 이스라엘 병사가 인근 지역에 사는 팔레스타인 사람들을 심하게 괴롭혔다고 상정해 봅시다. 심지어 어떤 때는 죽이기까지 했습니다. 이 경우 해당 병사는 다음 생에 올 때 자신이 괴롭혔던 팔레스타인 사람들의 마을에 태어나 똑같은 취급을 받을 가능성이 있습니다. 이런 일이 실제로 일어난다면 당사자는 인종은 물론이고 종교까지 바뀔 수밖에 없겠지요. 유대교에서 이슬람교로 말입니다.

그런데 생을 달리하면서 인종은 바뀌지 않지만 종교가 바뀌는 경우도 생각해 볼 수 있겠습니다. 제 지인의 경우인데 영능력자에게 전생을 알아보았더니 (정말로 그랬는지는 누가 알겠습니까마는) 그는 고려시대 때 승려로 살았던 전생이 있다는 결과가 나왔습니다. 그런데 그는 현재 독실한 개신교인으로 살고 있습니다. 생을 달리하면서 종교가 완전히 바뀐 것이지요. 현대가 다종교 사회라 이런 일은 충분히 있을 수 있습니다. 재미있는 것은 믿는 종교는 달라져도 믿는 자세에는 연속성이 있다는 사실입니다. 제 지인은 고려 승려였을 때 정통 교리를 고수하는 보수적인 신앙을 유지했다고 하는데 그 태도는 현세에 개신교를 믿는 자세에도 똑같이 나타나고 있었습니다. 이처럼 한 번 강하게 형성된 성향은 생을 달리해도 쉽게 바뀌지 않는다는 게 전문가들의 주장입니다.

이러한 연속적인 성향은 직업의 경우에도 해당될 듯합니다. 예를 들어 어떤 사람이 이전의 여러 생에서 목초를 가꾸는 일과 관계된 직업을 가졌다면 이번 생에도 비슷한 일을 할 확률이 높습니다. 이것은 당연한 일입니다. 그 사람에게는 목초 일이 편안하고 익숙하기 때문입니다. 의식적인 차원에서는 이전 생의 일을 잘 모를 수 있습니다. 하지만 잠재의식에는 기억이 남아 있기 때문에 사람들은 자신도 모르게 이전 생에 추구하던 것을 찾아가게 되는 것입니다.

마지막으로 볼 것은 성별 문제입니다. 성별은 외려 단

순했습니다. 환생을 거듭할 때 우리는 한 성gender만 유지하는 것이 아니라 계속해서 성을 바꿔가며 태어난다는 것이 전문가들의 소견입니다. 여성과 남성의 체험이 워낙 다른 까닭에 인간을 전체적으로 이해하기 위해서 그렇게 태어난다는 것이지요. 그러니까 영혼 상태에서 다음 생을 계획할 때 어떤 성을 택하는 것이 자신에게 가장 이로울지를 고려하여 성을 결정한다고 합니다. 그러다 보니 자연스럽게 성이 바뀌는 것 같습니다.

제 경우를 보면, 이번 생에는 남자로 살고 있지만 이전 생에는 여자로 살기도 했다는 것인데 여성으로 살 때 제가 어떠했을지는 전혀 상상이 가지 않습니다. 낯설기만 합니다. 여러분도 지금과 성별이 바뀐 이전 생의 자신을 상상해 보면 어떤 기분이 들지 궁금하군요.

가족은 생을 달리해도
가족 관계를 지속하나요?

여러 생을 거듭하면서
다양한 관계로 만나

앞서 말한 것처럼 우리는 생을 달리하면서 비록 다른 관계이지만 가족과의 인연을 계속 유지하고 삽니다. 이전 생에 가족을 이룬 사람과 이번 생에도 가족이 된다는 것입니다. 이 사실만 확실하게 알아도 우리는 의미 없는(?) 고통에서 벗어날 수 있습니다.

무슨 말인가 하면, 우리는 사랑하는 가족을 여의면 대단히 슬퍼합니다. 예를 들어 내가 아버지를 몹시 사랑했는데 만일 그가 타계한다면 나는 엄청난 고통을 받을 것입니다. 나를 극진히 사랑해 준 아버지가 더 이상 세상에 없으니 살 의미가 사라지는 것 같습니다. 이 넓은 세상에서 아버지는 내가 무슨 일을 해도, 무슨 잘못을 저질러도 다 포용해 주는 유일한 분이었습니다.

우리에게 부모가 귀중한 것은 그분들이 항상 내 편이 되어주었기 때문입니다. 나를 그렇게 아무 조건 없이 사랑해 줄 사람은 이 세상에 없습니다. 남편이나 아내도 나를 그렇게까지 사랑해 주지는 못합니다. 이렇게 부모의 사랑은 엄청난 것인데 큰 사랑을 주시던 아버지가 타계하셨으니 나는 삶의 터전을 잃어버린 것 같습니다. 그래서 한없는 회한과 슬픔, 그리고 우울감에 빠져들지요.

그런데 이런 사람들이 역행 최면을 받고 전생을 체험하면 그 고통에서 빠져나올 수 있답니다. 이유는 간단하지요. 예를 들어 최면 상태에서 어느 전생인가로 가보았더니 거기서는 아버지가 내 남동생이었다는 사실을 발견합니다. 그 생에도 나는 그 동생과 사이가 아주 좋았습니다. 이렇게 읽어낸 전생 이야기를 사실로 받아들인다면 돌아가신 아버지는 영영 사라진 게 아니라 영혼들이 사는 세계에 머물러 계신다는 것을 알게 됩니다. 영혼들이 거주하는 중간계에 있다는 것이지요. 그렇게 해서 두 사람은 전생에도 만났고 이번 생에도 만난 것입니다. 이 인연은 다음 생에도 이어질 것이라고 예측할 수 있습니다. 사정이 그렇다면 이번 생에 아버지가 세상을 떠났다고 해서 크게 슬퍼할 일은 아닌 것입니다. 지금 잠깐 아버지와 헤어졌다가 영혼들의 세계에서든, 다음 생에서든 다시 만날 것이기 때문입니다.

이런 사례는 부지기수로 발견되는데 앞서 인용한 와이스가 저술한 《전생요법》(원제 《Through Time Into Healing》)에도 많은 예가 있더군요. 사랑하는 친지를 잃고 크게 상심하고 있었는데 최면을 받아 이전 생으로 가서 그 친지를 만나는 사례가 그것입니다. 이 체험을 한 후에 당사자는 우리의 영혼이 불멸한다는 것을 깨닫고 큰 위안을 받습니다. 사랑하는 친지와 영영 헤어지는 것이 아니라 영혼끼리 강한 인연으로 엮여 있음을 깨닫기 때문입니다. 이들은 위안을 받는 정도가 아니라 영적으로도 크게 성장한다고 합니다. 영혼의 불멸성을 체험한 덕분입니다.

저는 문상하러 가면 유족들에게 농담 반 진담 반으로 고인에 대해 크게 슬퍼할 필요가 없다고 말합니다. 지금까지 수많은 생을 살면서 그분과 여러 인연으로 만났고

앞으로 올 생에서도 또 만날 것이니 슬퍼하지 말라는 뜻
이지요. 그러나 어쨌든 이번 생에서는 이별한 것이니 슬
픈 것은 어쩔 수 없을지도 모릅니다. 또 고인이 지닌 이번
생의 인격이나 육신은 다시 볼 수 없으니 슬플 수밖에 없
겠지요.

이렇게 우리는 기존의 가족들과 여러 생을 거듭하면서
다양한 관계로 만나게 되는데 이전 생에 서로에게 취했던
태도나 감정을 이번 생에도 그대로 재현하는 경우가 많은
것 같습니다. 예를 들어 두 사람이 이전 생에 모친과 딸로
애틋한 관계였다면 이번 생에도 그 따뜻한 관계가 지속된
다는 것이지요. 물론 역할이 달라져서 모녀간이 자매간으
로 바뀔 수 있지요.

문제가 되는 것은 가족 관계가 갈등으로 점철되어 있을
경우입니다. 이전 생에 두 사람 사이에서 생긴 갈등이 이
번 생에도 그대로 재현될 수 있기 때문입니다. 이런 예는
매우 많습니다. 다음은 앞서 인용한 와이스의 책에 나오
는 사례입니다.

어떤 주부의 경우인데 남편이 알코올의존증인 데에다
술만 마시면 구타를 일삼았습니다. 그녀가 답답한 나머지

역행 최면을 시도해 이전 생으로 가보니 현생의 남편은 그 생에 그녀의 아버지였고 자신은 그의 딸이었습니다. 그런데 그 생에서 아버지는 어린 그녀를 성폭행하고 때리는 일을 반복했습니다.

이것은 해당 사례를 매우 축약해서 소개한 것인데 이러한 두 사람 간의 악연은 두 생에만 그친 것이 아니었습니다. 생을 거듭하면서 지속되었지요. 이처럼 불행이 반복된 이유는 두 사람 사이에 있었던 카르마를 적절하게 해소하지 못했기 때문입니다. 이럴 경우 어느 한쪽이든 변화가 있어야 합니다. 그래야 카르마의 구속에서 벗어날 수 있습니다.

다행히 이 경우에는 역행 최면으로 전생을 체험한 딸(현생의 아내)이 전생의 아버지(현생의 남편)를 이해하면서 카르마를 풀 기회를 얻었습니다. 최면 상태에서 그녀가 전생의 아버지를 영적으로 체험해 보니 당시에 아버지도 굉장히 힘든 상태였다는 사실을 알게 되었습니다. 또한 본인도 그 생에서 여러 형태로 죗값을 치렀습니다. 더 나아가 아버지가 마음속으로는 딸을 사랑하고 있다는 것도 알게 되었습니다. 이 사실을 알게 되니 아버지를 향한 원한이

나 복수하고픈 마음이 눈 녹듯 사라졌습니다. 그 결과 이 여성은 현생의 남편을 대하는 태도가 완전히 달라졌습니다. 남편을 무조건 적대시하는 것이 아니라 이해하는 쪽으로 바뀐 것이지요. 그러자 남편도 긍정적인 변화를 보이기 시작했습니다.

물론 이 과정이 여기서 본 것처럼 술술 풀렸던 것은 아닙니다. 여러 가지 시행착오를 거치면서 천천히 풀어진 것이지요. 어찌 되었든 이 두 사람 사이의 부정적인 카르마는 몇 생 만에 처음으로 소멸되기 시작했습니다. 이런 게 바로 전생 요법입니다. 역행 최면을 통해 전생이라 생각되는 생으로 가서 영적인 눈으로 당시의 현실을 직면하여 이번 생에 겪고 있는 큰 고통에서 벗어나는 동시에 부정적인 카르마로부터 해방되는 것 말입니다.

이 대목에서 원불교를 창시한 소태산 박중빈 대종사가 언급한 일화가 생각나는군요. 그의 제자 가운데 한 여성이 술주정뱅이 남편 때문에 괴로운 나머지 소태산에게 '내생에는 저 남자를 절대 만나고 싶지 않다'고 했답니다. 그 말을 들은 소태산은 그녀에게 '네가 정말로 남편을 다시는 만나기 싫다면 남편을 미워하는 마음도 갖지 말고 철저히 무관심하게 대하라'라고 충고했습니다.

이게 무슨 의미일까요? 그녀가 남편을 다시는 만나고 싶지 않다는 마음에 그를 강하게 미워하면 그것이 카르마를 만들어 다음 생에도 남편과 재회할 기회를 만든다는 뜻입니다. 그러나 남편이 아무리 미워도 만일 그 마음을 참고 무관심으로 대응하려고 노력한다면 카르마의 끈이 얇아져 남편과 내생에서 만날 인연 역시 약해질 것입니다. 부정적인 카르마가 힘을 발휘하지 못하게 되는 것이지요.

카르마 법칙은 이렇게 돌아갑니다. 이러한 양상을 이해한다면 여러분도 앞으로 인간관계에서 상대방을 어떻게 대해야 할지 아시겠지요? 이런 맥락에서 붓다가 '사랑하는 사람이나 미워하는 사람을 만들지 말라'고 했을 것입니다. 모든 욕망은 카르마를 만들어내기 때문입니다.

가족 중에 유달리 싫은 사람이 있는 것도 카르마의 영향인가요?

전생의 습력과 성찰

이번에는 주제를 좀 더 좁혀서 가족 관계 중에서도 증오의 관계에 초점을 맞추어 봅시다. 이렇게 부정적인 관계에 초점을 맞추는 이유는 단순합니다. 긍정적인 관계는 굳이 논의하지 않아도 잘 굴러가지만 부정적인 관계는 상황 전환을 위해 많은 노력을 기울여야 하기 때문입니다.

카르마 법칙의 철칙은, 우리가 문제 풀기를 포기하든 잘못 풀든 간에 해당 문제는 절대로 없어지지 않는다는 것입니다. 해결하지 못한 문제는 계속해서 발현됩니다. 그러니까 이번 생에 문제를 푸는 데 실패했다면 어떤 생이

될지는 알 수 없지만 내생에 그 문제가 다시 내 앞에 나타
난다는 것입니다.

이것이 카르마 법칙의 무서운 속성인데 이는 어쩔 수
없습니다. 자신이 저지른 일을 책임지는 것이 인간의 영
적인 성숙을 위해 꼭 필요한 일이기 때문입니다. 이렇게
보면 지혜를 갖추는 일이 얼마나 중요한지 모릅니다. 카
르마에서 벗어나는 일은 그 카르마가 형성되었던 때의 전
체적인 맥락을 이해해야 가능하기 때문입니다.

부정적인 카르마에서 해방되려면 우선 그 카르마와 관
련해 이전 생에 일어났던 일에 대한 확실한 정보를 얻어
야 합니다. 이것을 가장 빨리 알아내는 방법은 역행 최면
이 되겠지요. 여기에다 그 정보를 해석하고 이해할 수 있
는 능력을 갖춰야 합니다. 나아가 그 이해를 실천에 옮길
수 있는 실행력도 갖추고 있어야 합니다. 이처럼 카르마
를 해소하는 일에는 많은 노력이 필요합니다.

여기서 가장 중요한 것은 카르마적 관계를 단박에 요해
할 수 있는 이해력입니다. 그러한 능력이 있으면 우리는
한순간에 카르마에서 벗어날 수 있습니다.

이번에 집중하고 싶은 인간관계는 가족 내에서 발생하

는 증오 관계라고 했습니다. 이 관계는 가족 내에만 한정되는 것은 아닙니다마는 가족 안에서 이런 일이 발생하는 것이 가장 심각한 문제라 가족 간의 증오에 집중하려고 합니다.

가족 구성원 가운데 이상하게 싫은 사람이 있는 경우가 있습니다. 이를 자매의 관계로 국한시켜 한 사례를 들어보겠습니다.

언니인 나는 여동생이 태어날 때부터 싫었습니다. 이유는 알 수 없었고 공연히 주는 것도 없고 받는 것도 없지만 그녀가 싫었습니다. 성장하면서 우리는 사사건건 충돌했고 경쟁이 대단했습니다. 나는 어떤 일도 동생에게 지기 싫었고 무엇 하나 빼앗기려 하지 않았습니다. 자매간의 애정 같은 것은 처음부터 없었습니다. 특히 나는 아버지의 사랑을 독차지하려고 동생과 부단히 싸웠습니다. 그것은 동생도 마찬가지였는데 동생은 나에게 지는 것을 무엇보다 싫어했습니다.

상황이 악화되자 두고만 볼 수 없었던지 아버지는 우리가 도대체 왜 이러는지를 알아보기 위해 역행 최면을 해보자고 제안했습니다. 그랬더니 놀라운 결과가 나왔습니다. 어느 전생에서인가 나와 동생은 한 남자를 차지하려고 다투던 연적戀敵이었습니다. 그런데 더 놀라운 것은 그 남자가 바로 이번 생의 아버지라는 점이었습니다. 우리는 깜짝 놀랐습니다. 그제서야 우리는 우리가 왜 그렇게 서로를 시기하고 질투했는지 알았습니다. 전적으로 전생의 습력習力 때문이었습니다. 전생에 서로를 미워하던 감정이 너무도 강해 그것이 무의식에 저장되었고 그 부정적인 감정을 그대로 이번 생에 가져온 것이지요. 나와 동생은 이를 의식하지 못하고 그대로 그 감정에 휘말린 겁니다.

역행 최면으로 그 사실을 알고 나니 우리는 이번 생에 싸울 이유가 없다는 것을 깨닫게 되었습니다. 게다가 이번에는 그 대상이 아버지이니 굳이 독차지하려고 힘쓸 필요도 없었습니다. 지난 생은 그 남자를 빼앗느냐 뺏기느냐와 같은 양자택일 상황이었지만 지금은 상대가 아버지이니 그런 극단적인 선택을 할 필요가 없었지요. 이 사실을 알고 난 우리 자매는 '우리가 연적이었어? 그래서 서로를 증오했던 거였어? 그거 재미있네' 하면서 아주 여유로운 태도를 가질 수 있게 되었습니다. 이후 우리는 각자의 가정을 꾸려 독립했고 친한 관계를 유지하면서 자매로서 잘 지내고 있습니다.

이것은 실례를 바탕으로 재구성해 본 것입니다. 이와 비슷한 예는 얼마든지 있습니다. 예를 들어 어떤 어머니는 둘째 아들이 태어났을 때부터 싫었습니다. 아니, 임신한 초기부터 무언가 불안이 엄습하고 예감이 좋지 않았습니다. 키우면서도 이상하게 사랑보다는 냉담 혹은 멸시의 감정이 앞섰습니다. 그러니 이후에도 관계가 좋을 리 없겠지요.

그러다가 어머니는 우연한 기회에 최면을 받고 이전 생에 이 둘째 아들과 어떤 관계에 있었는지를 알게 되었습니다. 이전 생에 그 둘째 아들은 자신을 무던히 괴롭히고 착취했던 원수 같은 존재였던 것입니다. 이런 관계는 얼마든지 있을 수 있습니다. 이를테면 못된 상전과 하인 간의 관계 같은 것 말입니다. 이 관계를 이들 모자간에 대입하면 못된 상전이 아들이고 모친은 학대받던 하인이었다고 할 수 있습니다.

이번 생에 두 사람이 이렇게 모자간으로 환생한 것은, 아들이 전생에 상전으로서 하인이었던 모친을 못살게 괴롭혔으니 이번 생에는 그 하인의 자식으로 태어나 모친으로부터 모진 박해를 받아보라는 뜻입니다. 되갚음을 받아 교훈을 얻으라는 것이지요. 카르마 법칙이 일종의 균형을 잡아주는 것입니다.

그런데 이때 만일 어머니가 아들이 이유 없이 밉다고 계속해서 괴롭힌다면 양자 간의 카르마는 지속됩니다. 이 경우 언제일지 모르지만 또 다른 내생에 관계가 바뀌어 다시 만나 증오의 관계를 계속할 가능성이 높습니다. 반대로 어머니가 통찰력을 발휘해 카르마를 소멸하겠다는 생각으로 아들을 잘 돌보고, 아들 역시 엇가는 행위를 하지 않는다면 둘 사이의 카르마는 이번 생에서 사라지게 됩니다. 그러면 두 사람은 더 이상 그 카르마의 제재를 받지 않습니다.

이처럼 성찰이 중요합니다. 앞서 본 두 가지 사례 모두 내담자들은 전생을 체험하고 사건의 전모를 성찰하면서 카르마에서 해방되었습니다. 노력할 것도 없이 실상을 이해하는 순간 카르마의 속박에서 벗어나게 됩니다. 그래서 이해 혹은 지혜가 중요하다고 한 것입니다. 지혜만이 번뇌의 사슬을 끊을 수 있기 때문입니다.

따라서 우리는 선행도 행해야겠지만 어떤 순간이든 지

혜를 닦는 일을 게을리해서는 안 되겠습니다. 그러려면 이렇게 책을 읽으면서 공부를 해야겠지요? 그러면서 열심히 자신의 카르마에 대해 생각해 보아야 할 것입니다.

4장

지금의 삶!
영적 성장을 위해
내가 한 선택

그렇다면 카르마 법칙은
결정론 아닌가요?

결정론이 아니라 인과론

이 주장은 카르마 법칙이 받는 가장 큰 오해입니다. 모든 것은 전생에 있었던 일에 따라 발생하는 것이니 다 결정된 게 아니냐는 말이지요. 이렇게 생각할 수 있는 여지는 충분히 있습니다. 그러나 카르마 법칙은 결정론이 아니라 인과론입니다. 두 이론은 비슷한 것 같지만 분명히 다릅니다. 결정론은 모든 것이 결정되어 있다는 것이고 인과론은 모든 사건의 발생에는 원인이 있다는 주장입니다 (이렇게 보면 결정론도 인과론에 포함된다고 할 수 있습니다). 원인이 없는 결과가 어디 있겠습니까?

이것은 '자유의지free will와 결정론'의 문제와 직결됩니다. 그런데 이는 대단히 복잡한 주제라 여기서는 논하지 않고 카르마 법칙의 입장에서만 이 문제를 조망해 보겠습니다. 카르마 법칙에 따르면 인간이 겪는 모든 사안에는 원인이 있는데 그와 동시에 인간은 자유의지를 갖고 있습니다. 앞에서 본 것처럼 카르마 법칙에 따라 나에게는 어떤 일이 생기게끔 계획되어 있습니다. 그러나 그렇다 하더라도 인간은 자신의 자유의지로 그 일을 피할 수 있습니다. 비근한 예를 들어볼까요?

내가 전생에 어떤 사람에게 죽임을 당했습니다. 카르마 법칙으로만 따지면 나는 이번 생에 그 카르마를 되갚기 위해 그를 죽일 수 있습니다. 그래서 이번 생에 그를 죽일 수 있는 환경이 자연스럽게 생기게 됩니다. 그러나 더 이상의 카르마가 생기는 일을 종식해야겠다는 결정을 하고, 나는 내 자유의지를 사용하여 전생의 원수를 죽이는 일을 포기합니다. 여기서 한 걸음 더 나아가서 그 원수를 용서할 수도 있습니다. 그러면 그와 얽혀 있는 카르마는 소멸하게 됩니다. 이것이 바로 우리가 자유의지를 활용하여 카르마를 넘어서는 것입니다.

그런데 어떤 문제의 발생에 대해 말할 때 자유의지와 결정론 중 하나만을 택해 설명하는 것은 문제가 있습니다. 왜냐하면 각 사안마다 그 결정된 정도와 자유로운 정도가 다르기 때문입니다. 어떤 사안은 확고하게 결정되어 있기 때문에 절대로 바꾸지 못합니다. 그런가 하면 어떤 사안은 본인이 자유의지를 가지고 바꿀 수 있는 여지가 많습니다.

여러분의 이해를 돕기 위해 이 상황을 비유를 들어 설명하면 이렇습니다. 줄에 묶여 있는 개를 생각해 봅시다. 개를 줄에 묶어놓으면 그 개는 줄의 길이 안에서는 자유롭게 돌아다닐 수 있습니다. 그러나 그 줄 너머로는 아무리 가보고 싶어도 결코 갈 수 없습니다. 자유가 철저하게 제한되는 것이지요.

우리의 상황이 이렇다는 것입니다. 사안별로 일정한 범위 안에서는 자유롭지만 그 이상은 안 된다는 것이지요. 줄의 길이에 따라 자유로운 정도가 결정되는 것입니다. 만일 줄이 길면 자유로워질 수 있는 범위가 넓어지게 됩니다. 그 반대도 마찬가지이지요. 이렇듯 모든 게 줄의 길이에 따라 결정됩니다.

마찬가지로 우리가 누릴 수 있는 자유도 그 정도가 사안마다 다릅니다. 어떤 경우에는 상황을 통째로 바꿀 수 있는가 하면 어떤 경우에는 전혀 바꿀 수 없는 것도 있습니다. 따라서 우리가 사안에 현명하게 대처하려면 각 사안이 어떤 조건을 갖고 있는지 면밀하게 검토해 봐야 합니다. 이러한 검토 끝에 바꿀 수 없는 사안은 흔쾌히 받아들이고 바꿀 수 있는 것은 머리를 써서 좋은 쪽으로 가도록 노력해야 합니다.

왜 그런 것 있지 않습니까? 아무리 피하려 해도 피할 수 없는 일 말입니다. 그런 일은 내가 카르마로 이미 강하게 심어놓은 것이기 때문에 결코 바꿀 수 없습니다. 따라서 그러한 일은 공연히 피하려고 헛되이 노력하지 말고 기꺼이 받아들이는 게 좋습니다.

그러나 그런 와중에도 상황을 좋게 만들 수 있는 여지는 항상 있으니 자신의 의지로 그 여지를 십분 활용해야하겠습니다. 예를 들어 현재 사귀는 사람이 있는데 내가 지상에 태어나기 전 카르마를 정할 때는 다른 사람과 결혼하기로 정했다고 합시다. 이 경우 카르마로 정한 사람과의 결혼은 피할 수 없는 것이기에 그 운명을 받아들이

고 그다음에 내가 할 수 있는 최선의 조치가 무엇인지 생각해 봐야 합니다. 그것이 본인의 성장을 위해 좋은 일이기 때문입니다.

물론 이 경우에도 운명을 거부하고 자유의지를 사용하여 자신이 현재 사랑하는 사람과 결혼할 수 있습니다. 그럴 경우에는 어떤 결과가 오든지 본인이 감내하면 됩니다. 각 경우가 다르니 모든 조건을 잘 생각해 봐야 하겠습니다.

카르마 법칙을 연구하는 사람들에 따르면 우리는 태어날 때 인생의 많은 부분을 계획하고 온다고 하지요. 이 문제는 이미 앞에서 거론했습니다. 예를 들어 지상에 태어날 때 이번 생의 부모나 형제, 자매 등은 정해서 태어난다고 합니다. 이와 마찬가지로 이번 생의 배우자도 정해진 상태로 태어난다고 하고요. 그뿐만 아니라 살면서 겪게 되는 큰 사건들도 정해진 상태로 온다고 합니다. 그러나 아무리 이렇게 굵직한 사안들이 정해져 있다고 하더라도 우리는 자유의지를 사용하여 이 운명을 거부할 수 있습니다. 물론 그렇게 하면 그 사람의 삶이 조금 꼬일 겁니다. 카르마가 더 복잡해진다는 뜻입니다.

그런가 하면 우리가 육신을 벗고 세상을 떠나는 때도 정해져 있다는 설이 있습니다. 이렇게 추측으로만 의견을 제시하는 이유는 제가 직접 (초)능력으로 이러한 사실들을 확인한 것이 아니기 때문입니다. 그러나 대체로 이 주장들은 타당할 겁니다.

왜 이런 경우가 있지 않습니까? 어떤 사람은 그렇게 죽을 고비를 많이 넘기면서도 생존하는데 어떤 사람은 아무 일도 아닌데 맥없이 죽게 되는 경우 말입니다. 이게 다 때가 정해져 있기 때문에 그렇다는 것이지요. 자신이 죽을 때가 아니면 아무리 위급한 상황에서도 살아남지만 죽기로 정한 때가 되면 아무 일이 아닌데도 죽는다는 것입니다.

그런데 여기서 우리가 놓쳐서는 안 되는 사안이 있습니다. 이번 생의 삶에서 여러 사건들이 정해져 있다는 사실보다 더 중요한 게 있습니다. 그것은 우리가 왜 이렇게 정해놓고 지상에 왔느냐는 것입니다. 그 의도가 무엇일까요? 답은 간단합니다.

앞에서도 보았듯이 우리는 태어나기 전에 우리의 영적 성장에 도움이 될 만한 환경을 계획합니다. 영적으로 성장하기 위해 여러 사건을 '세팅'하는 것이지요. 따라서 우리는 이들 사건이 이미 결정되어 있느냐 아니냐를 따질 게 아니라 해당 사건들을 통해 무엇을 배울 것인가에 초점을 맞추어 접근해야 합니다. 바로 이것이 우리가 영적으로 성장하는 길인 동시에 카르마 법칙이 지향하는 바입니다.

모든 것이 카르마의 결과라면
현실을 개선할 필요가 없는 것 아닌가요?

카르마 법칙은 도덕론,
헛된 숙명론에 빠지지 않아야

앞에서 다룬 문제, 즉 카르마 법칙과 자유의지 간의 문제
는 카르마 법칙이 지니고 있는 또 다른 미묘한 문제와도
연관이 있습니다. 이것은 카르마 법칙을 비판하는 사람들
이 가장 많이 지적하는 사안으로 카르마 법칙이 숙명론
에 불과하지 않느냐는 견해입니다. 그들은 이 관점에서
한 걸음 더 나아가 카르마 법칙에 따라 나와 사회의 모든
것이 결정된다면 현실을 개선할 필요가 없는 것 아니냐고
주장합니다.

그러면서 그들은 인도의 경우를 예로 많이 듭니다. 인

도 사람들이 인도 사회의 고질적 병폐인 카스트 제도를 개선할 생각을 하지 않는 것이 바로 카르마 법칙 때문이라는 것입니다. 인도인들은 자신의 처지가 아무리 부당해도 스스로 지은 바에 따라 받은 계급이라 여겨 카스트 제도를 개선할 필요를 느끼지 못하며 살고 있다는 것입니다. 이런 연유로 인도에서는 사회적 불평등이 용인된다는 것이 그들의 주장입니다.

그들은 그 가운데 가장 심각한 문제로 불가촉천민을 예로 듭니다. 잘 아시다시피 불가촉천민은 인도에서 최하위 계층에 속합니다. 이들은 네 개로 구성된 카스트(브라만, 크샤트리아, 바이샤, 수드라)에도 끼지 못해 인도에서 인간이면서 인간이 아닌 취급을 받습니다.

인도인들은 카르마 법칙의 시각에서 불가촉천민이 인간답지 못한 대접을 받는 것은 모두 그들이 전생에 잘못했기 때문으로 이해했습니다. 불가촉천민은 이번 생에 응당 받아야 할 과보를 받고 있는 것이니 자신들이 상관할 바가 아니라는 것이지요. 거꾸로 인도인들은 자신들이 부와 명예를 누리고 사는 것은 스스로 그만큼 이전 생에 잘한 결과라며 당연하게 받아들입니다. 이것이 인도인의 카르마

사상을 비판하는 사람들의 눈에 비친 인도 사회의 모습입니다. 주로 서양학자들이 이런 견해를 피력했었지요.

그런데 이 견해에는 심대한 오류가 있습니다. 가장 큰 오류는 이 견해가 차원을 혼동했다는 점입니다. 다르게 표현하면 이것은 카르마 법칙을 단순한 인과론으로 착각한 결과라고 할 수 있습니다. 앞에서 제가 카르마 법칙을 무엇이라고 했습니까? 도덕적인 인과론이라고 하지 않았습니까? 카르마 법칙이란 단순한 인과론이 아니라 그 위에 도덕률이 덧붙여지는 인과론입니다. 이 관점에서 인도의 예를 다시 조망해 보지요.

불가촉천민들이 비인간적으로 살게 된 것은 분명 이전 생에 잘못한 결과라고 할 수 있습니다. 그러나 이것은 카르마 법칙을 인과론으로 볼 때만 그렇습니다. 그런데 카르마 법칙은 그 위에 도덕률이 부가되어 있습니다. 그 때문에 우리 인간은 어떤 사안을 대하든 도덕적인 관점으로 접근해야 합니다. 카르마 법칙의 관점에서 볼 때 불행에 빠져 있는 사람들을 만나면 우리는 반드시 그들을 도와야 합니다. 이유는 간단합니다. 인간에게는 도덕적인 본성이 있기 때문입니다.

인간은 다른 사람을 도와야 자신을 완성할 수 있습니다. 환란에 빠진 사람을 외면하면 그 사람의 영적인 발전은 더디어집니다. 아니, 더디게 되는 정도가 아니라 오히려 퇴보합니다. 그런 맥락에서 원불교 교전에 나오는 다음의 이야기는 우리에게 시사하는 바가 많습니다.

'중생은 영리하게 자기 일만 하는 것 같지만 결국 자신이 해를 입고, 보살은 어리석게 남의 일만 해주는 것 같은데 결국 자기의 이익이 된다'는 구절이 그것입니다.

매우 역설적인 가르침이지요. 이것이 바로 우리 인간이 가야 할 길입니다. 자기가 잘되기 위해서는 먼저 남을 위해야 한다는 것 말입니다. 진정한 인간이 되려면 다른 사람을 위하는 봉사의 과정을 거쳐야 합니다. 봉사는 해도 그만이고 안 해도 그만인 게 아닙니다. 반드시 해야 하는 일입니다.

뒤에서 다시 다루겠지만 곤란에 빠진 남을 도울 수 있었는데 돕지 않았을 경우, 놀랍게도 카르마 법칙이 응징에 들어갑니다. 카르마 법칙은 우리가 본성을 어기고 이기적인 행동을 했을 때 반드시 개입한다고 했지요? 인간은 본성적으로 타인을 돕는 존재이기에 남을 돕지 않고 살 경우 카르마 법칙이 관여하는 것입니다.

이때 카르마 법칙이 부여하는 응징은 우리의 행위에 따라 다르게 나타납니다. 이게 무슨 말일까요? 예를 들어 설명해 보지요. 이 예는 상당히 상징적이라 뒤에서 조금 더 깊이 다룰 예정입니다.

어떤 청각장애인이 있었습니다. 그가 이번 생에 이러한 과보를 받은 것은 전생에 취한 잘못된 행동 때문입니다. 당시 곤란에 빠진 어떤 사람이 그에게 간절히 도움을 요청했는데 그것을 외면한 데에 대한 과보를 받은 것이지요. 그가 위험에 빠진 사람의 간청을 귀로 듣고도 못 들은 척했으니 카르마 법칙이 이번 생에 아예 그의 귀를 막아버린 것입니다.

여기서 우리는 카르마 법칙을 새롭게 이해해야 합니다. 다시 말하건대 카르마 법칙은 우리에게 환란에 빠진 사람을 그대로 방치해도 된다고 주장하지 않습니다. 그 사람이 겪는 불행은 그이가 지은 전생의 업에 따른 것이니 우리가 알 바 아니라고 해서는 안 된다는 것입니다. 대신 카르마 법칙은 환란에 빠진 사람을 돕는 것이 인간이 지켜야 할 옳은 길, 즉 정도라고 가르치고 있습니다. 그게 인간이 지닌 내면적인 도덕률을 실천하고 인간성을 완성시키는 일이라는 것입니다.

이처럼 카르마 법칙은 결코 숙명론이 아닙니다. 굳이 말하면 카르마 법칙은 도덕론입니다. 이 점을 반드시 숙지하고 있어야 합니다. 그래야 헛된 숙명론에 빠지지 않을 수 있습니다.

다 계획해서 왔다면
예측도 가능한가요?

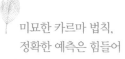 미묘한 카르마 법칙,
정확한 예측은 힘들어

이 질문은 충분히 나옴직하지요? 계속해서 하는 이야기이
지만 우리는 이 지상에 태어나기 전에 이번 생에 겪을 주
요 사건들을 계획하고 온다고 했습니다. 그러니 나의 미래
를 예측하는 일이 가능하지 않겠느냐는 질문이 당연히 나
올 수 있지요. 이 질문의 답은 일단은 '그렇다'입니다.

그런데 여기에는 부가 설명이 필요합니다. 정확하게 예
측하는 일은 쉽지 않다고 말입니다. 이유는 간단합니다.
인간은 생각하는 능력을 갖고 있어 이 생각들이 미래에
일어날 일들을 조금씩 변형시킬 수 있기 때문입니다. 또

인간은 자유의지를 지니고 있어 이미 정해진 것을 무시하고 자기 마음대로 할 수 있어서 더더욱 그렇습니다.

바로 이 점에서 사람이 사는 세상은 물리적인 세계와 다르다고 하겠습니다. 물리적인 세계는 철저한 결정론의 세계이기 때문에 정확한 예측이 가능합니다. 인과론에서 한 치도 벗어나지 않지요. 그에 비해 사람이 사는 세상은 역시 인과론의 지배를 받기는 하지만 그 위에 한 차원이 더 보태집니다. 물리적인 인과론 위에 의식 혹은 생각 차원이 덧씌워지는 것이지요.

카르마 법칙은 미묘해서 내가 내는 작은 생각 하나가 그 결과를 변형시킬 수 있습니다. 이것은 나비의 날갯짓 하나가 뒤에 폭풍을 몰고 올 수 있다고 주장하는 카오스 이론에 비견할 수 있을지 모릅니다. 여러분도 카오스 이론을 아시지요? 서울에 있는 나비의 날갯짓이 훗날 뉴욕에 폭풍을 일으킬 수 있다는 이론 말입니다.

그런데 카르마 법칙은 이보다 훨씬 더 복잡합니다. 인간은 생각을 한 번만 하지 않습니다. 계속해서 생각을 합니다. 이러한 생각들이 겹치면 결과는 자꾸 바뀔 것이 분명합니다. 따라서 그 결과를 예측하는 일이 쉽지 않은 것입니다.

이해를 돕기 위해 비근한 예를 하나 들어보겠습니다. 붓다가 현존해 있을 때의 일입니다. 한번은 붓다와 그의 경쟁자들이 어떤 사람이 죽은 뒤 그가 영혼의 세계 가운데 정확하게 어디에서 다시 태어날지를 두고 예측을 했답니다(그 망자가 영계에 있는 수많은 장소 중 어느 곳으로 갈 것인지를 예측한 것이지요). 이 일은 불교 교단이 전하는 것이라 예상대로 붓다만이 그 영혼의 향방을 정확히 예측했고 다른 경쟁자들은 틀린 것으로 나옵니다. 다른 경쟁자들도 붓다에 버금가는 경지에 오른 스승들이기에 전생을 알아내는 숙명통 등의 신통력을 갖추고 있었는데 정확하게 예측하지 못한 것입니다.

제자들이 붓다에게 왜 이런 일이 생겼는지 물어보니 다음과 같은 답변이 돌아옵니다. 그 경쟁자들은 수많은 변수 가운데 하나를 놓쳤기 때문에 정확한 예측을 하지 못했다고 말입니다. 즉, 경쟁자들은 이 영혼이 임종하는 순간에 가졌던 생각을 고려하지 않고 다음에 태어날 곳을 예측하는 바람에 실패했다는 것입니다.

인생을 달관한 선지자들에 따르면 우리가 마지막 임종

의 순간에 하는 생각이 대단히 중요하다고 합니다. 그 한 순간의 생각이 영계에서의 삶에 커다란 영향을 미치기 때문에 그렇다는 것입니다. 이게 무슨 의미일까요?

아주 단순하게 말한다면, 만일 평화롭게 죽으면 좋은 곳으로 갈 터이고 원망이나 증오의 감정을 품고 죽으면 좋지 않은 곳으로 갈 것이라는 뜻입니다. 임종 시에 하는 생각은 영계에서의 첫 번째 생각이 됩니다. 우리가 새로운 국면으로 들어갈 때 처음에 갖는 생각은 대단히 중요하지 않겠습니까? 붓다는 이 점을 충분히 숙지하고 있었기 때문에 그 망자 영혼의 미래를 정확하게 예측할 수 있었던 것입니다.

이 예에서 알 수 있는 것처럼 카르마 법칙의 관점에서 보면 인간의 미래는 작은 생각으로도 바뀔 수 있습니다. 그래서 정확한 예측이 힘들다고 한 것입니다. 사정이 그러하다면 티베트에서 차기 달라이라마를 찾는 과정이 어느 정도는 이해가 됩니다. 티베트에서는 달라이라마가 죽으면 그 사람이 바로 환생한다고 하지요? 그러면 승려들이 그가 환생하는 곳을 알아내 그를 궁으로 데려와 훈련시킨다고 하지 않습니까? 그런데 그 환생한 아기가 정말로 달라이라마인지 아닌지를 판별하는 일은 쉽지 않은 모양입니다.

그 과정을 보면, 우선 고승들이 신통력을 쓰거나 명망 있는 점복가들이 점사占事를 해서 전임 달라이라마가 환생한 지역을 찾아냅니다. 그러나 그것으로는 아직 어떤 아기가 전임 달라이라마의 화신인지 알지 못한답니다. 그래서 그 지역을 찾아가 후보가 된 아기들을 모아놓고 엄중한 시험을 거친 끝에 한 아기를 선택합니다. 그다음에는 그 아기를 데려다 훈련시키는 것이지요.

저는 이 이야기를 듣고 티베트 고승의 법력이 아무리 출중해도 환생의 실상을 정확히 예측하지는 못한다는 생각이 들었습니다. 신통력을 발휘해 이 모든 것을 단번에 아는 것이 아닌 모양입니다. 만일 전임 달라이라마의 카르마를 정확히 알았다면 어떤 아기가 달라이라마의 환생인지 단박에 알 수 있을 텐데 그렇게 하지 못하니 말입니다. 이것은 그만큼 인간의 미래를 예측하는 일이 힘들기 때문에 생긴 현상일 겁니다.

굳이 달라이라마의 예가 아니더라도 앞서 살펴본 예를 가지고도 인간의 환생과 카르마를 예측하는 것이 얼마나 어려운지를 설명할 수 있습니다. 가령 어떤 사람이 이번 생에 살인 행위를 했을 경우 미래의 어느 생이 될지 모르지만 그는 어떤 생에든지 반드시 해당 과보를 받습니다. 그런데 내생에 그 과보를 받기까지는 많은 시간이 있습니다. 그 시간 동안 그는 살인 행위와 관련해 수없이 많은 생각과 그에 따른 행동을 합니다. 이것들은 모두 일정한 과보가 생기는 데에 간섭할 것입니다.

앞서 본 붓다의 예에서는 망자 당사자의 한 생각이 그의 미래를 바꿨습니다. 그런데 만일 우리가 몇 생 동안 행한 수많은 생각이나 행동이 과보를 형성하는 데 개입한다면 그 결과가 얼마나 복잡해지겠습니까? 아마 과보의 양상은 사람마다 천차만별로 펼쳐질 것입니다. 그래서 과보를 예측하기 어려운 것인데 그러나 그렇다고 해도 대강의 흐름은 알 수 있습니다. 정확하게 예측하는 것은 어려워도 전체 윤곽은 알 수 있다는 말입니다.

사실 이 책에서는 다루지 않았지만 꼼꼼히 살펴보면 카르마 법칙에도 알 수 없는 것이 적지 않습니다. 그중 하나가 카르마의 시작에 대한 것입니다. 카르마 법칙이 언제부터 작동하기 시작했느냐는 것이지요. 특히 철학적으로 파고들면 이것은 매우 어려운 문제가 됩니다.

예를 들어 카르마 법칙에 따르면 모든 일에는 원인이 있다고 했는데 그럼 '첫 번째 원인이 무엇이냐' 같은 의문이 생깁니다. 우리는 여기서부터 벌써 모순에 봉착합니다. 첫 번째 원인이니까 그게 카르마 법칙의 시작이겠지요. 그런데 원인 없는 결과는 없다고 하지 않았습니까?

그렇게 되면 논리적으로 첫 번째 원인은 가능하지 않습니다. 원인 없는 결과는 없다고 했으니 이 첫 번째 원인에도 이것을 야기한 원인이 있어야 합니다. 그런데 다른 원인이 있으면 그것은 첫 번째 원인이 될 수 없습니다. 이렇게 하면 끝이 없어 어디까지 가야 할지 모릅니다. 결국 우리는 카르마 법칙의 시작을 알 수 없게 됩니다.

그 밖에도 카르마 법칙에는 많은 철학적 문제가 산재되어 있는데 이는 일반 독자들의 관심 대상이 아닐 것 같아 다루지는 않았습니다. 붓다도 카르마의 시초에 관해 질문을 받은 적이 있는데 그때 붓다는 알기 어렵다고 대답한 것으로 알려져 있습니다.

점술사가 인간의 미래를
점치는 것이 가능한가요?

훌륭한 자질을 갖추고
직관력으로 해석할 수 있다면

점술에 대한 인간의 관심은 대단하다고 할 수 있습니다. 인류의 모든 사회에서 점술이 행해졌으니 말입니다. 그래서 그런지 점술은 그 종류가 극히 다양합니다. 그러나 크게 보면 두 가지로 나눌 수 있을 것입니다.

 일정한 소재를 매개로 삼아 그것을 가지고 점을 치는 점술이 첫 번째 부류에 속할 것입니다. 매개하는 소재를 이용하지 않고 신적인 능력이나 직관으로 점을 치는 것이 두 번째 부류에 속한다고 하겠습니다. 첫 번째 부류에서 말하는 소재는 생년월일시나 태어날 때의 별자리, 카드류, 그리고 괘 등입니다. 이것들을 매개체로 삼아 점을 치는 대표적인 점술로 동북아시아에는 사주점이나 주역점 등이 있고, 서양에는 점성술이나 타로카드점 등이 있습니다. 인도나 아랍에도 나름대로의 점술이 있습니다만 일정한 소재를 활용해서 점을 치는 것은 위와 같습니다.

여기서 다루고자 하는 내용은 이 같은 점술이 아니라 신적인 능력이나 직관을 사용하여 미래를 예언하는 것입니다. 신적인 능력을 활용하는 대표적인 사람은 말할 것도 없이 무당입니다. 반면 직관을 이용하는 사람으로는 오랜 기간 수행해서 지혜를 갈고닦은 승려나 요기 같은 도인들이 있을 것입니다. 이 가운데 우리가 가장 쉽게 만날 수 있는 사람은 무당이니 이들을 중심으로 보기로 하겠습니다.

저는 전공이 종교학인지라 그동안 무당을 꽤 많이 만났습니다. 특히 그들이 하는 굿은 한국 종교를 연구하는 데 필수적이라서 굿을 하는 현장에 수없이 가보았습니다. 그 과정에서 무당들이 점을 치는 현장을 자주 목격했는데 놀란 적이 한두 번이 아니었습니다. 무당이 신도나 그 가족과 관련해 어떤 경로로도 알 수 없는 비밀 정보를 발설했기 때문입니다. 그런 경우가 한두 번이 아니라 굳이 예를 들 필요도 없습니다. 물론 틀리는 경우도 많이 있었지요. 그러나 정확히 맞힐 때는 입이 벌어질 정도였습니다. 제가 직접 목도한 사례를 소개해 보지요. 수십 년 전 인왕산에 있는 국사당에서 목격한 일입니다.

어떤 사람의 부친이 타계해 진오귀굿, 즉 사령제死靈祭를 지내고 있었는데 갑자기 부친의 혼이 실린 무당이 신도에게 다가가 '내 산소 앞에서 술 올리지 마'라는 공수(신령의 말씀)를 내렸습니다. 그러자 그 가족들은 연신 '네, 네' 하면서 합장을 하고 절을 했습니다. 저는 이 공수가 무엇을 뜻하는지 몰라 나중에 그 박수(남자 무당)에게 물어보았습니다. 그랬더니 박수의 대답이, 굿을 하는 중간에 그 부친의 무덤은 비어 있다는 공수가 내려왔답니다. 자신도 그게 무슨 말인지 몰랐지만 신령이 자신에게 공수를 내린 대로 가족에게 전했다고 합니다.

굿이 끝나고 박수가 그 가족들에게 '내가 당신들에게 준 공수가 무슨 뜻인지 아느냐'고 물었더니 흥미로운 대답이 돌아왔습니다. 실은 고인이 된 부친이 생전에 바람을 피우느라 집을 나갔다가 그대로 객사해 자식들이 시신을 거두지 못했답니다. 그래서 하는 수 없이 아버지의 무덤을 시신이 없는 가묘로 만들어 모셨다고 합니다. 이에 대한 박수무당의 해석은 다음과 같았습니다. 즉, 시신이 없으니 그 몸의 주인인 아버지의 혼령이 나타나 그 묘에 대고 제사를 지내지 말라고 한 것이라는 말이지요.

저는 이 이야기를 듣고 깜짝 놀랐습니다. 그 망자의 묘가 시신이 없는 가묘임을 박수가 어떻게 알았는지 도무지 이해가 되지 않았습니다. 이 가묘에 대한 정보는 그다지 좋은 일이 아니라서 가족들은 무당에게도 사전에 발설하지 않았을 것입니다. 그런데 무당은 도대체 이 정보를 어떻게 알 수 있었을까요?

이러한 예는 부지기수로 많습니다. 무당들의 점사는 대부분 이 사례와 비슷하게 진행됩니다. 그런데 정확히 말하면 이런 경우에 무당 자신이 정보를 알아냈다기보다는 그가 모시는 신령이 힌트를 준 것이라고 할 수 있습니다. 그러면 무당은 그것을 적절히 해석해 신도들에게 전하는 것이지요. 신령이라는 존재에 대해서는 그 실재 여부부터 많은 논란이 있는데 여기서는 영혼의 세계에 사는 영적인 존재라고만 이해하면 되겠습니다.

그런데 이 영적인 존재들은 신도들의 과거 정보를 어떻게 알고 또 미래를 어떻게 예측할 수 있을까요? 저는 이 대목에서 앞서 말한 '한 생에 일어나는 모든 사건은 사전에 계획된 것'이라는 카르마 이론이 맞는다는 확신을 갖게 되었습니다. 왜냐하면 신령들이 신도의 과거나 미래를 알아낼 수 있었던 것은 바로 이 계획된 사안들이 있기에 가능한 일이라 생각하기 때문입니다. 그러니까 이전에 없던 지식이 갑자기 튀어나온 게 아니라 신령들이 이미 있던 정보를 읽은 것에 불과하다는 말이지요. 그 과정을 설명하면 대략 다음과 같지 않을까 합니다.

앞에서 보았듯이 당사자는 태어나기 전에 이번 생에 겪을 사건을 카르마의 형태로 무의식 속에 저장해 놓았습니다. 그리고 태어난 뒤에는 한평생 그 카르마를 갖고 살아갑니다. 무당이 모시고 있는 영적인 존재는 그것을 읽어 무당에게 전달하고, 무당은 그 정보를 가지고 점사를 하는 것이지요. 이 같은 경로가 아니면 개인만 아는 비밀스러운 일을 타인이 알 길이 없습니다.

그러면 무당의 점사가 틀리는 것은 어떻게 설명하면 좋을까요? 무당들에 따르면 이 영적인 존재들이 무당에게 정보를 줄 때 선명하지 않은 경우가 많다고 합니다. 아주 간단하거나 상징적인 정보만 준다고 하지요. 그러면 무당은 자신의 직관력으로 그 정보들을 해석해야 하는데 그 과정에서 잘못 해석하면 예측이 틀리는 것입니다.

만일 점술사가 훌륭한 자질을 갖추고 있다면 우리는 그에게서 많은 도움을 받을 수 있습니다. 훌륭한 점술사는 인간사에서 변하지 않는 것과 변할 수 있는 것을 구분하는 능력을 지니고 있습니다. 그들은 내담자로 하여금 변하지 않는 사건은 수용하도록 종용하고 반면 바꿀 수 있는 사건들에 대해서는 효율적으로 응대하는 법을 알려줄 수 있습니다.

무당들의 말을 빌리면, 자신들은 신도들에게 운명적인 것은 받아들이게 유도하고 그렇지 않은 것은 손실을 줄일 방안을 제시할 수 있다고 합니다. 후자의 경우는, 비유컨대 신도가 비를 맞을 운명이라면 비가 내리지 않게 할 수는 없어도 비를 피하도록 우산 쓰는 법을 가르쳐줄 수는 있다는 식이지요. 그러면 설령 비를 맞더라도 손실을 최소화할 수 있다는 겁니다. 이런 점술사라면 가까이하는 것이 나쁘지 않을 터인데 문제는 그런 사람이 흔하지 않다는 점입니다.

5장

과보!
복잡하고 까다로운
발현

아름다운 외모나 목소리도
이전 생의 카르마에서 기인하나요?

선한 마음과 행동,
그리고 수련의 결과

우리는 자신의 여러 가지 문제에 대해서 많은 관심을 갖고 있습니다. 그중에서 외모에 보이는 관심은 적지 않은 비중을 차지할 것입니다. 정확히 말하자면 관심보다는 불만이 더 많은 것 같습니다. '왜 나는 예쁘지, 혹은 잘생기지 않았을까? 왜 나는 키가 작을까? 왜 내 눈은 이렇게 작은 것일까? 왜 내 목소리는 이리 거칠까?' 등의 질문과 함께 말입니다. 심지어 왜 부모님은 나를 이렇게 낳았을까 하는 투정도 부려봅니다.

사람들은 자신의 외모나 목소리가 지금과 같이 된 것은

부모로부터 받은 유전자 탓(혹은 덕)이라고 생각하는 것 같습니다. 물론 우리는 부모로부터 유전자를 물려받습니다. 그러나 이것으로 우리의 다름을 다 설명할 수는 없습니다. 그렇지 않습니까? 같은 부모 밑에서 태어났는데 왜 자식들이 다 다릅니까? 어떤 가정은 아들은 키가 크고 잘생겼는데 딸은 외모가 많이 달립니다. 또 어떤 가정은 딸은 미술에 재능이 뛰어난데 아들은 그림을 전혀 못 그립니다.

같은 부모에게서 태어난 자식들이 이렇게 다른 것은 어떻게 설명할 수 있을까요? 저는 이것 역시 카르마와 관련이 있다고 생각합니다. 카르마 법칙에 따르면 모든 사안에는 원인이 있습니다. 그렇다면 내가 이번 생에 지금과 같은 외모나 목소리, 재능 등을 갖게 된 데에도 분명히 원인이 있을 겁니다. 카르마의 관점에서 보면 수려한 외모나 아름다운 목소리를 갖게 된 것은 이전 생에 훌륭한 선행을 했거나 아름다움을 위해 수련한 결과라고 할 수 있습니다. 좋은 생각이 수려한 외모를 낳은 것이지요.

이와 관련해 에드거 케이시가 제시하는 사례는 많은 참고가 됩니다. 어떤 아름다운 영국 여성이 찾아와 케이시가 전생을 조사해 보니 그녀는 이전 생에 기아棄兒, 즉 버려진 아이들을 많이 데려다 먹여주고 재워주었습니다. 이 선행으로 인해 그녀는 이번 생에 아름다운 외모를 갖게 되었다고 하더군요. 만일 이것이 사실이라면 그녀가 지녔던 선한 생각이 이번 생의 육체에 투영되어 선하고 아름다운 외모를 갖게 된 것이 아닐까 하는 생각을 해봅니다.

그런가 하면 조금 다른 사례도 있습니다. 이 여성도 매우 아름다웠는데 그녀의 카르마는 앞의 여성과 조금 달랐습니다. 이전 생에 그녀는 음악과 무용을 아주 진지하게 했답니다. 오랫동안 인간의 아름다움에 대해 진력하면서 파헤치고 그것을 음악과 무용으로 표현하려고 한 것이지요. 이것이 원인이 되어 그녀는 이번 생에 아름다운 몸을 가지게 되었다고 합니다. 그녀가 지난 생에 인간의 정신과 육신의 아름다움에 대해 오랫동안 생각한 것이 무의식에 저장되었다가 이번 생에 몸을 받을 때 그것이 발현하여 아름다운 외모를 갖게 된 모양입니다.

이렇게 보면 선한 생각을 갖는 것이나 아름다움에 대해 생각하는 것이 얼마나 중요한지 알 수 있습니다. 자신의 외모까지 결정하니 말입니다. 그러나 아름다움을 얻기 위해 굳이 전생까지 들먹이지 않아도 되겠습니다. 이번 생에도 우리의 노력으로 외모, 그중에서도 특히 얼굴을 아름답게 만들 수 있기 때문입니다. 타인을 지극히 위하겠다는 '선한' 생각을 하면 자신의 얼굴을 얼마든지 아름답게 만들 수 있습니다.

이 대목에서 생각나는 분이 있습니다. 다름 아닌 한국 대중음악의 최고봉이라 할 수 있는 이미자 씨입니다. 그는 정말로 아름다운 목소리를 지녔고 노래 또한 일품입니다. 저는 소싯적에는 그렇게 생각하지 않았는데 나이를 먹으니 그의 노래를 들을 때마다 놀랍니다. '사람이 저렇게 노래를 잘할 수 있다니' 하면서 말입니다. 그뿐만이 아닙니다. 현재 80대에 들어선 그를 보면 얼굴이 아주 아름답습니다. 대가의 기품이 느껴집니다. 그런데 여러분은 혹시 이미자 씨가 10대 후반에 갓 데뷔했을 때의 얼굴이 기억나십니까? 저는 1960년대와 1970년대에 대중매체에 등장한 그의 얼굴을 확실하게 기억합니다. 촌티가 많이 나는 얼굴이었지요. 그러더니 나이를 먹을수록 아주 아름다운 얼굴로 바뀌어갔습니다. 그래서 저는 그분을 보며 '사람은 자신의 노력으로 외모를 충분히 바꿀 수 있구나'라는 생각을 하게 되었습니다.

더 주목하게 되는 것은 그의 목소리입니다. 실로 놀랍습니다. 특히 노래할 때 어느 곳 하나 막히지 않고 부드럽게 넘어가는 맛은 어느 가수에게서도 느낄 수 없습니다. 제가 이분의 목소리에 대해 언급하는 이유는 이 기막힌 목소리를 카르마적으로 해석하는 분이 있기 때문입니다. 이분은 제가 지금까지 만나본 사람 가운데 전생을 제일 잘 보는 분인데(실명은 밝히지 않겠습니다) 그에 따르면 이미 자 씨는 전생에 곡비哭婢, 즉 남의 상가喪家에 가서 대신 우는 노비였다고 합니다. 그때 그는 성심을 다해 정성껏 울었답니다. 남의 상이라고 처삼촌 산소 벌초하듯 대충 운 것이 아니라 자기가 상을 당한 것처럼 운 것입니다. 그 선한 마음이 좋은 카르마가 되어 이번 생에 저리도 아름다운 목소리를 갖게 됐다고 하더군요.

물론 이 이야기는 검증할 수 있는 것이 아니지만 아름다운 생각이나 선한 행동이 이렇게 다음 생에 좋은 과보를 가져올 수 있다는 사례로 참고하셨으면 합니다. 아니, 좋은 언행은 이번 생에도 우리에게 좋은 기운을 선사하니 항상 선한 생각을 하고 남을 배려하면서 사는 게 좋겠다는 생각입니다.

이번 생에 살인한 사람은
다음 생에 죽임을 당하나요?

되갚음의 원칙

이 질문은 직설적이라 조금 섬뜩하지만 카르마의 속성을 가장 잘 말해주는 질문이라 하겠습니다. 사람들은 카르마 법칙을 연상할 때 보통 '눈에는 눈, 이에는 이'라는 경구를 떠올리며 징벌적인 의미로 이해하는 경우가 많습니다. 바로 이 질문이 그러한 카르마 법칙의 성질을 잘 보여주고 있습니다. 다르게 표현하면 '되갚음의 원칙'이라 할 수 있겠지요. 그러니까 내가 이전 생에 다른 사람에게 했던 일을 이번 생에 그대로 받는 것입니다. 여기서 잊지 말아야 할 점은 이것은 좋은 일을 했을 때에도 통용된다는 것입니다. 내가 베푼 선행은 그게 언제가 되든지 간에 때가 되면 그만큼 되돌려 받습니다.

그런데도 카르마 법칙을 말할 때 위의 질문처럼 징벌적인 경우를 예로 많이 드는 것은 악행을 저질렀을 때 그 당사자에게 좋지 않은 과보가 생기기 때문입니다. 그런 일을 방지하기 위해 미리 충고하는 차원에서 이 같은 예를 드는 것입니다. 착한 일을 했을 때는 굳이 말하지 않아도 일이 잘 굴러가니 따로 언급할 필요를 느끼지 못합니다.

다시 우리의 주제로 돌아가서 위의 질문에 답하면 '대체로 그렇다'입니다. 만일 내가 다른 사람을 죽이면 언젠가는 나도 죽임을 당한다는 것입니다. 직접적인 되갚음의 원칙에 따라 이 같은 일이 발생합니다. 그런데 여기에는 항상 변수가 있는 법입니다. 생각(의도)과 행동이 그것입니다. 살인을 저지른 사람들은 이후의 삶에서 여러 가지 생각이나 행동을 합니다. 어떤 사람은 끝까지 반성하지 않는가 하면 어떤 사람은 진심으로 참회하는 행보를 이어갑니다. 이런 것들이 변수가 되어 그들이 지은 부정적인 카르마가 다음 생에 과보로 나타날 때 사람마다 다양하게 발현됩니다. 그런데 이를 예측하는 일은 쉽지 않습니다.

이해를 돕기 위해 위의 예를 가지고 더 설명해 보지요.

만일 A라는 사람이 누군가를 살인했다고 상정해 봅시다. 첫 번째 가능성으로, 만일 A가 남은 생애를 뉘우침 없이 산다면 그는 다음 생에 피살될 확률이 높습니다. 이것은 카르마의 되갚음 원칙이 가감 없이 그대로 적용된 결과입니다. 카르마 법칙이 그를 살해당하는 상황으로 몰고 가서 사람을 죽이는 것이 얼마나 나쁜 일인지를 알게 하는 것입니다.

다른 경우의 수도 있습니다. 만일 A가 진정으로 참회하고 다시는 살인하지 않겠다고 서약한다면 그에 대한 과보는 경감될 것입니다. 경우의 수는 더 있습니다. A가 재판을 받고 교도소에 수감되어 죗값을 치른다면 그의 과보는 더 약해질 수 있겠지요. 그러나 만일 A가 교도소에 있는 동안 아무런 참회도 하지 않는다면 수감 기간이 아무리 길다 해도 과보를 줄이는 데에는 별 영향을 미치지 못할 것입니다. 앞에서 이야기한 적이 있지요? 카르마의 세계에서는 의도를 가장 중요시한다고 말입니다. 그래서 A처럼 돌이킬 수 없는 중한 죄를 지었다면 마음속으로 진정으로 참회하는 것만이 그로 인한 카르마의 과보를 줄일 수 있는 가장 좋은 방법입니다.

　과보를 더 줄일 수 있는 방안도 있습니다. 만일 A가 교도소에서 출감한 후에 더 깊이 참회하기 위해 남은 생 동안 봉사활동을 한다면 그의 과보는 획기적으로 줄 것입니다. 왜냐하면 생각만 하는 것과 그것을 행동으로 옮기는 것은 전혀 다른 일이기 때문입니다. 선행을 하겠다고 생각하는 것은 누구나 할 수 있는 일이지만 직접적인 행동으로 선행에 뛰어드는 것은 결코 쉽지 않은 일입니다. 게다가 선행을 하면 다른 긍정적인 일도 생깁니다. 즉, 선행 덕에 그의 무의식에는 좋은 기운이 생기고 그 기운이 이전부터 있었던 부정적인 기운을 상쇄할 것입니다. 얼마나 좋습니까?

　그래서 추측입니다마는 A처럼 비록 살인 같은, 해서는 안 될 죄를 지었더라도 본인이 진심으로 반성하고 남은 생 동안 꾸준히 노력한다면 다음 생에 공포에 질려 살해당하는 것을 피할 수 있을 뿐만 아니라 더 나아가 영적으로 성장할 기회도 얻을 수 있을 것입니다.

　이처럼 우리에게는 주어진 명을 변화시킬 수 있는 힘이 있으니 한시라도 노력을 아껴서는 안 되겠다는 생각이 강하게 듭니다. 어느 때이든 늦은 때는 없습니다. 노력은 미래를 바꿉니다. 이번 생에 못 바꾸면 다음 생에는 반드시 바꿀 수 있습니다.

이와 관련해 같이 생각해 보아야 할 것은 우리가 어떤 행동을 할 때 갖는 의도에 관한 문제입니다. 앞에서도 언급한 적이 있지만 카르마 법칙에 따르면 우리가 어떤 일을 할 때 행동으로 옮기지 않고 의도만 갖고 있어도 카르마가 생긴다고 했습니다. 이에 관한 가장 유명한 이야기가 예수님이 간음에 대해서 한 말씀입니다. 그는 '마음으로 간음을 해도 간음이다'라고 했습니다. 이는 사람의 의도(혹은 생각)가 카르마를 만든다는 우리의 믿음을 잘 나타내고 있습니다.

그런가 하면 반대로 의도는 없었는데 결과적으로 바람직하지 않은 행동을 해서 좋지 않은 결과가 생기는 경우도 있습니다. 이럴 경우에 카르마는 어떻게 될까요? 이것은 과거 인도 종교계에서 논쟁거리가 된 주제이기도 합니다. 불교에서는 특히 사람의 의도를 중시합니다. 이것은 예수님의 견해와 같습니다. 생각만 품어도 카르마가 생긴다는 것이지요. 이 주제와 관련해 불교에서 가장 많이 인용되는 예를 소개해 보겠습니다.

B라는 사람이 다른 사람을 죽이려고 칼로 찔렀습니다. 그런데 자세히 보니 B가 찌른 것은 사람이 아니라 쌀자루 였습니다. 쌀자루를 사람으로 잘못 알고 찌른 것이지요. 이 경우 결과적으로는 아무도 죽지 않았습니다. 그렇다면 이 일로 B에게는 카르마가 생겼을까요, 생기지 않았을까요? 이에 대해 불교는 B의 행위는 살인한 것과 같으므로 그 과보가 있다고 주장합니다. 불교 교리는 죽이겠다는 의도를 중요하게 생각하는 것이지요.

다음의 경우는 반대 상황입니다. 이번에는 C라는 사람이 단지 쌀자루를 점검하려고 칼로 자루를 찔렀습니다. 그런데 그게 쌀자루가 아니라 사람이었습니다. 그래서 그 사람이 죽었습니다. C에게는 누군가를 죽이려는 의도가 전혀 없었는데 이런 일이 발생하고 말았습니다. 그러면 이 일로 C는 살인의 카르마를 지은 것일까요?

이 예는 우리의 현실과 조금 동떨어진 것이지만 이와 비슷하면서도 익숙한 사례가 있지요? 사냥꾼들이 사냥을 하러 숲속에 갔다가 동물이 보여 총을 쐈는데 그게 동물이 아니라 동료 사냥꾼이었다는 사례 말입니다. 그로 인해 그 동료가 죽었습니다. 이런 일은 아주 드물게 뉴스에 나옵니다. 이런 경우에 드는 의문은 이렇게 의도치 않게 사람을 죽여도 살인의 카르마가 형성되느냐는 것입니다.

불교는 보통 이럴 때에는 살인의 카르마가 생기지 않는다고 주장합니다. 그 이유는 아시겠지요? 당사자가 사람을 죽이려는 마음을 내지 않았기 때문입니다. 이처럼 불교는 실제 행동보다 의도 혹은 동기를 중시합니다. 물론 불경에는 이와 다른 주장도 있기는 합니다. 의도치 않게 사람을 죽인 경우에도 살인에 준하는 과보를 받는다고 말이지요. 그러나 불교 교리는 대체로 전자, 즉 의도가 없는 경우에는 살인의 과보를 받지 않는다는 편으로 기울어져 있는 것 같습니다.

그런데 사안이 그렇게 간단하지는 않습니다. 조금 더 세심하게 생각해야 할 필요가 있습니다. B의 경우는 그에게 살인하려는 의도가 있었기 때문에 살인의 카르마가 만들어지겠지만 실제로 사람을 죽였을 때보다는 그 과보가 어느 정도 경미하지 않을까 하는 생각이 듭니다. 결과적으로 사람을 죽이지는 않았으니까요. C의 경우는 비록 그에게 살인의 의도는 없었지만 결과적으로 살인을 했으니 이에 대한 과보를 받아야 할 것입니다. 특히 당사자가 부주의했다는 점에서는 그 과보를 피할 수 없을 것입니다.

이는 대강 보았을 때 그렇다는 것입니다. 여기에 또 다른 변수가 들어가면 그 과보는 앞서 언급했듯이 예측하기가 더 힘들어집니다. 카르마 법칙은 처음에는 단순하게 보이지만 공부할수록 수많은 변수 때문에 해당 사건에 대한 과보를 예측하는 일이 쉽지 않다는 사실을 알게 됩니다.

원인을 알 수 없는 고통도
카르마 때문인가요?

도덕적으로 일탈한 언행을 하면
여지없이 개입해

우리 주위에는 원인을 알 수 없는 질병의 고통으로 힘들어하는 사람들이 있습니다. 물론 대부분의 질병은 병원에 가면 나을 수 있습니다. 그런데 병원에 가서 온갖 검사를 해도 병명조차 제대로 알 수 없을 뿐만 아니라 약을 먹어도 도통 낫지 않는 병이 있습니다. 원인이 명확하게 밝혀지지 않은 병이지요. 이런 경우에는 해당 병을 이전 생과 관련시켜 볼 수 있습니다.

예를 들어 A는 아무런 이유도 없이 등이 매우 아픕니다. 엑스레이도 찍어보고 검사도 해보았지만 등에는 전혀 이상이 없습니다. 또 B는 편두통이 극심합니다. 어떤 약도 듣지 않습니다. 이럴 경우 당사자들의 전생에 그럴싸한 원인이 있을 때가 있습니다. 몸의 특정 부분이 원인 없이 아픈 것은 대부분 이전 생에 그 부분에 엄청난 충격을 받고 죽었기 때문이라는 것이 전문가들의 견해입니다.

등이 아픈 A는 이전 생에 전장에 나갔다가 화살이나 창에 등이 찔려 죽은 체험을 한 사람이라는 것이지요. 그때 찔린 부분이 이번 생에 고통을 느끼는 부위와 같습니다. 편두통 환자인 B의 경우도 그렇습니다. 이전 생에 머리에 큰 타격을 입고 죽은 탓에 그 부분이 아프면서 편두통이 생긴다는 것입니다.

제가 아는 사람 중에 B와 같은 경우가 있었습니다. 그는 자신이 직전 생에 독일 과학자였는데 권총으로 머리를 쏴서 자살했다고 주장하더군요. 그래서 이번 생에 지독한 편두통에 시달렸다고 했습니다. 그는 나름대로 영성과 명상에 해박한 사람인데 전생도 어느 정도 볼 줄 안다고 주장했습니다. 여담이지만 저더러는 고대 이집트 시절에 신전의 사제로 산 적이 있다고 말하기도 했습니다.

물론 이런 이야기들은 검증할 방법이 없습니다. 그런데

중요한 것은 이렇게 역행 최면을 받은 사람들이 자신의 전생을 경험한 후에 병이 나았다는 사실입니다. 최면 상태에서 자신이 이전 생에 어떻게 죽었는지를 직면하게 되면 A나 B의 예처럼 등이나 머리에서 느끼던 고통이 사라진다는 것이지요. 해당 전생의 검증 여부와 관계없이 효과를 보는 것입니다. 이러한 치료 요법은 보통 '전생 요법'이라 불립니다. 한국에서는 아직 성행하고 있지 않지만 미국에서는 이미 상당한 인기를 끌고 있는 모양입니다.

흥미로운 점은 이 전생 요법은 정말로 전생이 있는지 없는지에 대해서는 그다지 관심이 없다는 사실입니다. 이 요법에서 중요한 것은 전생으로 생각되는 시기로 가서 지금의 고통을 야기한 사건을 직면하게 해주어 당사자의 병을 고치는 일뿐입니다. 병을 고치면 됐지 더 이상은 따지지 않겠다는 것이지요.

전생 요법의 효과와 관련하여 에드거 케이시가 제시한 사례를 보면 고도비만으로 고생하던 사람들을 고친 이야기가 나옵니다. 그 내담자들은 음식만 보면 게걸스레 먹는 버릇이 있어 비정상적인 비만증을 앓게 되었습니다.

그들의 경우는 앞의 사례보다 더 흥미롭습니다. 사람마다 비만증을 야기한 원인이 다양했기 때문입니다. 그중에서 서로 다른 원인으로 비만증을 얻은 두 명의 사례를 소개해 보지요. 편의상 주인공들을 각각 C와 D라고 이르겠습니다.

C의 사례부터 보면, 그가 비만증을 얻은 원인은 직접적인 되갚음에 해당하는 것으로 '눈에는 눈, 이에는 이'의 원리가 적용됩니다. C가 이번 생에 음식을 과하게 탐하는 이유는 이전 생에 굶어 죽었기 때문이라고 합니다(물론 굶어 죽은 사람들이 모두 내생에 음식을 과하게 탐하는 것은 아닙니다). C는 너무 배고파서 음식을 탐하다가 굶주린 배를 부여잡고 죽음을 맞이했다고 합니다. 그렇게 되면 C의 무의식에는 음식에 대한 갈구가 강하게 저장되겠지요? 그 정보가 이번 생으로 전달돼 그는 영문도 모른 채 음식만 보면 환장했던 겁니다. 그 때문에 몸이 비정상적으로 비대해진 것이지요.

다음으로 D의 사례를 보기에 앞서 A와 B를 포함하여 C까지 앞서 살펴본 사례의 내담자들을 정리해 보면, 그들은 최면으로 자신의 전생을 본 것만으로 치유가 되었습

178

니다. 이는 일종의 카타르시스, 즉 정화 현상이 아닐까 합니다. 그들은 해당 생에 창에 찔려 죽고 스스로 총을 쏘아 죽고 배고파 죽으면서 마음속에 무언가가 지독히 맺혔을 겁니다. 한이 쌓였을 것이라는 말인데 그 때문에 이번 생에도 마음 한구석이 콱 막혀 있었을 테지요. 계속 그런 상태로 살다가 최면에 들어 당시의 마음을 직시하게 되니 맺힌 것이 풀려나간 것입니다. 그래서 그들은 최면이 끝난 직후에 아픈 증상이 사라진 것이지요. 자신이 무의식에 넣어두고 보지 못했던 것을 최면 덕택에 직시하면서 고통에서 벗어난 것입니다.

이에 비해 케이시의 또 다른 비만증 환자 D의 사례는 달랐습니다. 비만증의 원인도 같은 병을 앓는 C와 달랐을 뿐만 아니라 치유되는 과정도 A나 B, 그리고 C와 차이가 있었습니다. 케이시가 D의 전생을 조사해 보니 그는 이전 생에 몸이 뚱뚱한 어떤 사람을 심하게 조롱한 모양입니다. 그 사람의 비만을 한두 번 조롱한 게 아니라 오랜 기간에 걸쳐 그를 무시했던 것 같습니다. 바로 이 언행 때문에 D가 이번 생에 비만증으로 고생하고 있다는 것이 케이시의 진단이었습니다. '당신에게 조롱당한 사람이 비만으로 얼마나 고생하며 살았는지, 당신 같은 사람에게 멸시를 받아 얼마나 힘들어했는지 당신도 직접 경험해 보라'는 카르마 법칙의 되갚음 원리 때문에 D가 비만증을 얻어 극심한 고통을 겪고 있다는 것입니다.

그래서 D는 앞선 사례에 나오는 사람들과는 달리 전생 요법만으로는 병을 고치지 못했습니다. 그렇다면 D는 어떻게 비만증에서 벗어날 수 있었을까요? 답은 진정한 회개에 있었습니다. D는 케이시의 처방에 따라 다른 사람을 무시하고 조롱한 비도덕적인 행위에 대해 오랜 기간 진정으로 회개한 끝에 비로소 비만에서 벗어날 수 있었습니다.

우리는 이 같은 주장들을 카르마 법칙의 입장에서 이해할 수 있습니다. 카르마 법칙은 우리가 도덕적으로 일탈한 언행을 하면 여지없이 우리의 삶에 개입해 고통을 준다고 하지 않았습니까? 그렇게 개입하는 이유는 간단합니다. 우리의 도덕심을 회복시켜 진정한 인간으로 만들기 위함입니다. 타인을 어떻게 대하며 살아야 할지 다시 한번 생각하게 됩니다.

신체장애도
카르마 법칙의 발현인가요?

카르마의 해소와
교훈을 위한 일

앞서 우리는 원인을 알 수 없는 육체의 고통에 대해 보았습니다. 이번에는 육체의 장애에 대해서 보았으면 합니다. 장애는 선천적으로 갖고 태어나기도 하고 후천적으로 발생하기도 하는데 이 장애의 문제는 간단하지 않습니다.

가령 내 육신이 어제까지만 해도 멀쩡했는데 뜻하지 않은 교통사고나 그에 버금가는 사고를 당해 심각한 장애가 생긴다면 나는 얼마나 당황하겠습니까? 이런 경우는 당해본 사람이나 그 참담함을 알 수 있을 겁니다.

장애를 아직 겪어보지 못한 저로서는 의견을 내는 것이

매우 조심스럽습니다. 그분들의 사정과 고통을 제대로 알지 못하면서 이야기를 해야 하니 말입니다. 그래서 이 주제에 관해서는 전문가들이 피력한 견해를 옮기는 것으로 말씀을 대신하고자 합니다.

신체에 선천적 혹은 후천적 장애가 있을 때 가장 흔하게 드는 의문은 '왜 나에게 이런 일이 일어난 것일까?', '내가 무슨 잘못을 했기에 이런 것일까?'라는 것입니다.

이에 대해 전문가들은 몇 가지 답을 제시합니다. 가장 흔한 답은 일단 장애는 당사자가 태어나기 전에 결정하고 온다는 것입니다. 그러니까 이번 생에 내가 어떤 장애를 겪을지를 미리 정하고 온다는 것이지요. 믿기 힘든 이야기지만 당사자가 그렇게 정하는 이유는 그 장애를 가짐으로써 자신이 지은 카르마를 해소할 수 있기 때문이라고 합니다.

그런데 어떤 카르마가 해소되는지는 개인마다 천차만별이라 획일적으로 말하기 힘듭니다. 대부분의 경우는 당사자가 도덕적으로 잘못된 일을 했을 때 내생에 그에 상응하는 장애를 갖게 된다는 것이 전문가들의 견해입니다. 이전 생에 도덕적으로 남에게 큰 상처를 주어서 부정적인

카르마를 만들었을 경우 그것을 소멸하기 위해 다음 생에 스스로 장애를 선택하여 태어난다는 것입니다.

이때 가장 먼저 나오는 설명은 직접적인 되갚음의 경우입니다. 그 예로서 앞을 보지 못하는 시각장애에 대해 이야기해 보겠습니다. 태어나면서부터 앞을 보지 못하는 사람이 있습니다. 이 경우, 만일 직접적인 되갚음이 적용된 것이라면 그는 이전 생에 다른 사람의 눈을 멀게 했을 것입니다. '눈에는 눈, 이에는 이'의 원리지요. 이 원리에 대한 예는 앞에서도 보았습니다. 실제로 태어날 때부터 시각장애인인 A의 전생을 조사해 보았더니 그는 어느 전생인가에 포로로 잡은 적들의 눈을 뜨거운 쇠막대기로 지져서 앞을 못 보게 한 적이 있었답니다. 그 결과 이번 생에 시각장애인이 된 것입니다. 이는 '눈에는 눈'의 원리가 적용된 것이니 더 이상의 설명이 필요 없습니다. A로 하여금 그게 얼마나 나쁜 짓이었는지를 그대로 체험하게 해 교훈을 준 것입니다.

그런데 개인적으로 저는 A의 경우 과보가 조금 약한 게 아닌가 하는 생각을 해봅니다. 그렇지 않습니까? 여러 포로의 눈을 뜨거운 쇠로 지졌으니 그 일을 당한 사람들은 얼마나 큰 고통을 느꼈겠습니까? 그런데 A는, 물론 생활에 많은 고통과 불편을 느꼈겠지만, 그저 앞을 못 보는 장애인으로 태어났으니 저지른 일에 비해 과보가 약하지 않나 하는 생각입니다. 그러나 A의 다른 전생을 모르고 A와 그 포로들 사이의 인연, 그리고 포로들의 카르마 등을 알수 없으니 A가 받은 과보를 쉽게 단정할 일은 아닙니다. 카르마 법칙의 운용과 발현은 이렇게 까다롭고 복잡합니다.

이번에는 청각장애가 있는 사람을 예로 들어보겠습니다. 이 경우에도 직접적인 되갚음의 원리로 풀면 당사자는 이전 생 언젠가 다른 사람의 귀를 멀게 했기 때문에 그 과보로 이번 생에 청각장애인이 되었다고 할 수 있습니다. 그런데 케이시는 이 경우를 간접적인 되갚음의 원리로도 설명할 수 있다고 주장했습니다. 간접적인 되갚음이란 원인과 결과가 간접적으로만 연결되는 경우를 말합니다.

이에 대해 케이시는 다음과 같은 매우 극적인 예를 들고 있습니다. 청각장애를 지닌 B라는 사람이 있었습니다. 그 사람이 듣지 못하게 된 원인은, 이전 생에 어떤 위난에 빠진 사람이 그에게 간절하게 도와달라고 했음에도 이를 무시한 과보라는 것입니다. 이것 역시 쉽게 믿어지지 않지만 매우 흥미로운 해석이라 하겠습니다. B는 직접적으로 다른 사람의 귀를 상하게 하지 않았는데도 이번 생에 청각장애를 얻었으니 말입니다.

이 사례는 카르마 법칙의 입장에서 다음과 같은 방식으로 해석할 수 있을 것 같습니다. 즉, 사람의 귀라는 것은 남의 말을 잘 들으라고 있는 것인데 B는 다른 사람의 간절한 요청을 귀로 듣고도 못 들은 체했으니 그런 귀는 존재할 필요가 없다는 뜻의 과보가 아닐까 하고 말입니다. 그런데 이 해석이 조금 마음에 걸리기는 합니다. 왜냐하면 B는 귀가 잘못된 것이 아니라 마음이 잘못된 것이기 때문입니다. 그렇지 않습니까? B는 마음으로 그 딱한 사람의 청을 무시하기로 한 것이지 귀가 잘못해서 그 같은 일을 한 것은 아니었으니 말입니다. 그런데도 징벌이 귀에 떨어졌으니 조금 마음에 걸린다고 한 것입니다.

그런데 이러한 취지 아래 생긴 법이 있지요? 여러분도 '착한 사마리아인 법'이라 불리는 법에 대해 들어보셨을 겁니다. 그리스도교의 신약성서를 보면 위난에 빠진 어떤 사람을 사마리아인만이 구했다는 이야기가 있습니다. 그 이야기에 착안해 만든 법이 '착한 사마리아인 법'인데 그 취지가 매우 획기적입니다. 가령 C가 큰 위험에 처한 사람을 직면했을 때 그를 도와주어도 C에게는 어떠한 위급 상황이 생기지 않는데 그를 돕지 않는다면 위법 행위로 간주한다는 것입니다.

유럽에서는 이 법을 어길 경우 범법자로 처벌한다고 합니다. 벌금도 부과하고 징역형도 있다고 하니 꽤 엄한 법이라는 것을 알 수 있습니다. 믿기 힘든 이야기이지만 위험에 빠진 사람을 돕는 것을 인간의 의무라고 간주하기 때문에 그렇게 하지 않는 사람에게 징벌을 내리는 것입니다. 도움이 절실한 사람을 돕지 않으면 카르마 법칙으로도 징벌을 받고 현세의 법률로도 제재를 받으니 더 선하게 살아야겠다는 생각뿐입니다.

신체장애가 카르마와 관계없이
생기는 경우도 있나요?

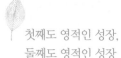

첫째도 영적인 성장,
둘째도 영적인 성장

앞에서 본 것처럼 우리가 이번 생에 겪게 되는 신체적인
장애는 이전 생에 있었던 일의 과보로 받는 경우가 많습
니다. 그런데 꼭 그렇지는 않다는 견해도 있습니다. 상당
히 일리가 있어 이번에는 그것을 소개해 보려고 합니다.
크리스토퍼 베이치라는 미국 교수가 자신의 저서《윤회의
본질》(원제《Lifecycles: Reincarnation and the Web of Life》)에서 주
장한 내용입니다.

베이치는 우리가 이번 생에 겪는 고통이나 불행이 모두
이전 생에서 기인한다는 카르마 법칙에 대해 전적으로 동

의하지는 않는다고 주장했습니다. 그에 따르면 우리가 이번 생에 겪는 고통이나 장애는 미래를 위한 준비 과정일 수 있다고 합니다. 그러니까 내가 나의 미래를 위해 이전 생의 카르마와 관계없이 의도적으로 다음 생에 겪을 불행한 환경을 만들어낸다는 것입니다. 장애를 겪는 것도 불행한 환경 가운데 하나입니다. 내가 이전 생에 육체적인 장애라는 과보를 받을 만한 일을 전혀 하지 않았는데도 자의로 그 같은 장애를 계획해서 태어난다는 것이지요.

인간이 스스로 이렇게 설계하는 이유는 간단합니다. 영적으로 크게 성장하기 위해서이지요. 이 지상에 태어나는 횟수를 줄이겠다는 것입니다. 앞에서 표현한 대로 말하면 지구 학교를 가능한 한 빨리 졸업하겠다는 의미입니다. 빨리 졸업해서 다시는 이 힘든 사바세계에 돌아오지 않겠다는 것이지요.

또 다른 전문가는 이 주제에 대해 이렇게 말합니다. 영적으로 크게 성장하려는 사람은 이번 생을 아주 힘들게 디자인한답니다. 그래서 이전 생에 해결하지 못한 여러 카르마를 한 생에 한 가지씩 해결하는 게 아니라 이번 생에 모두 가지고 와서 한 번에 해결하는 계획을 세우기도 합니다. 그렇게 되면 이 사람의 한평생은 계속해서 불행이 닥치는 형국이 될 것입니다. 한 고비를 넘기면 또 다른 불행이 찾아와서 이 사람을 계속 연단하겠지요.

그런데 그가 이 불행들에 모두 지혜롭게 대처한다면 그는 이 지구 학교를 빨리 졸업할 수 있는 기회를 얻게 될 것입니다. 다른 말로 표현하면 환생하는 횟수를 획기적으로 줄일 수 있다고 하겠습니다. 조금 거친 표현이지만 도박판에 비유하면 베팅을 세게 해서 한 번에 왕창 따겠다는 심산이라 해석할 수도 있습니다.

이런 의도를 가지고 어떤 사람들은 베이치 등이 주장한 대로 이전 생의 카르마와 전혀 관계없이 이번 생에 장애인으로 살 것을 계획하고 환생합니다. 스스로 그렇게 작정하고 태어났지만 그 사실을 기억하지 못해 장애를 안고 사는 초기에는 말할 수 없이 큰 고통을 겪습니다. 행동거지도 불편하기 짝이 없습니다. 그래서 어떤 때는 극단적인 선택을 생각하기도 하고 실제로 그런 일을 실행에 옮기는 경우도 있습니다.

그러나 자신의 굳건한 의지와 주위의 도움으로 극한의 장애들을 천천히 극복해 가다 보면 마침내 당사자에게 새로운 세계가 열립니다. 비장애인들은 결코 알 수 없는 세계가 펼쳐지는 것이지요. 일례로 시각장애인의 경우 비록 앞은 볼 수 없지만 대신 다른 감각들이 고도로 발달해 신세계를 경험할 수 있어 그것에 감사하며 산다는 이야기가 있습니다. 이렇게 장애를 지혜롭게 극복한 분들의 이야기를 들어보면 외려 장애를 갖게 된 것을 축복으로 여기는 경우도 있습니다.

저는 장애인의 세계에 대해서는 귀동냥한 정보밖에 없어서 장애를 극복한 분들의 이러한 생각을 이해하기 위해 어떤 예를 들면 좋을지 생각해 보았습니다. 그랬더니 근사체험자들이 떠올랐습니다. 장애의 체험은 아니지만 그에 버금가는 죽음이라는 극적인 체험을 한 근사체험자들 중에는 영적으로 엄청나게 도약한 사람들의 사례가 많이 보고되고 있기 때문입니다.

근사체험을 확실하게 한 사람은 이후에 사람이 완전히 바뀌어버립니다. 근사체험 이전에는 보통의 세속적인 사람에 불과했는데 그 체험 이후에는 이타 정신이 투철한 보살 같은 사람으로 변모합니다. 그리고 아주 지혜로운 사람이 됩니다. 사랑과 지혜가 넘치는 진정한 종교인처럼 변하는 것입니다.

　이들이 이렇게 바뀌게 된 이유는 죽었다 살아나는 극적인 체험을 했기 때문입니다. 말이 그렇지 의학적으로 사망 선고를 받았다가 깨어났으니 이 얼마나 힘든 체험입니까? 그래서 사람이 180도 변할 수 있는 것이겠지요.

　이런 체험과 변화의 사례로 근자에 가장 주목을 끌었던 사람은 이븐 알렉산더(1953~)입니다. 그는 의사로서 명망이 높은 사람이었습니다. 그런데 근사체험을 한 후에 완전히 다른 사람으로 바뀌어 이전과는 다른 삶을 살고 있습니다. 자세한 사정은 그의 저서 《나는 천국을 보았다》(원제 《Proof of Heaven》)를 보면 알 수 있는데 그는 근사체험 후에 잘나가던 의사직도 그만두고 영적인 일에 관심을 갖고 전념하고 있다고 합니다. 강렬한 근사체험은 이렇게 영적인 성장을 도모할 수 있는 기회가 되고 있습니다.

　장애 또한 비장애인이 생각할 때에는 극적인 체험 중에 하나입니다. 그래서 장애를 잘 극복하면 앞서 소개한 견해나 사례처럼 비장애인이 몇 생에 걸쳐 다다를 수 있는 경지에 한꺼번에 도달할 수 있을 것입니다.

　육신의 장애를 이 같은 시각으로 보는 것은 대단히 홀

룡한 견해라 하겠습니다. 그런데 이런 일은 영적으로 뛰어난 사람에게나 해당되는 것이지 저잣거리에 있는 보통의 사람들에게는 통하지 않을 것 같습니다. 그렇지 않겠습니까?

우리 보통 사람들은 대부분 자신이 만들어놓은 카르마의 망에 갇혀 끌려가는 경우가 많습니다. 그러니까 주체적으로 살고 있지 않다는 말이지요. 이는 주위를 둘러보면 금세 알 수 있습니다. 대부분의 사람들은 돈과 쾌락, 권력, 명예 같은 욕망에 휘둘려 살고 있지 않습니까? 자신의 영적인 성장을 진지하게 생각하는 사람은 흔하지 않습니다. 그런 의미에서 베이치 등의 견해는 대단히 소수의 사람에게만 해당한다고 하겠습니다.

그러나 이제 이러한 사실을 안 이상 여러분은 세속적인 것에 비중을 둔 생활을 서서히 변화시켜야겠다는 생각이 들지 않습니까? 카르마 법칙의 세계에서는 첫째도 영적인 성장, 둘째도 영적인 성장입니다. 이를 이룩하기 위해 우리는 촌각을 아껴야 합니다. 물론 즐겁게 살면서 말입니다.

안타깝게도 우리는 이 사실을 모르고 세속의 일에 빠져

살고 있습니다. 그런데 재미있는 것은 우리도 이 세상의 삶이 힘들다는 사실을 다 알고 지상에 내려온다는 점입니다. 수없이 많은 생을 거듭하며 이 세속에서 사는 게 얼마나 힘든 것인지를 알지만 카르마 해소를 통한 성장이라는 목표가 있어서 태어난 것입니다. 만일 우리가 이 사실을 기억한다면 이렇게 영적인 성장을 위한 일을 뒤로하고 세속적인 데에 빠져 살 리가 없겠다는 생각이 듭니다.

이 대목에서 이 방면의 전문가인 헬렌 웜바흐(1925~1986)가 쓴 《삶 이전의 삶》(원제 《Life Before Life》)이라는 책이 생각납니다. 심리학자인 웜바흐는 내담자를 수백 명씩 집단으로 최면에 들게 해 전생 체험을 시킨 것으로 유명합니다. 그는 수백 명에게 최면을 걸어 지상에 태어나기 직전의 상태로 가게 한 다음, 그 상태에서 당시에 환생하기를 원했냐고 물었습니다. 그랬더니 놀랍게도 약 90퍼센트가 환생하는 것을 싫어했다는 결과가 나왔습니다. 그들은 알았던 겁니다. 곧 또 겪게 될 이 지상의 삶이 얼마나 힘들지 말입니다. 그러니 지상에 태어나기 싫었던 것이지요.

그런데 우리는 정작 그 사실을 까맣게 잊고 세속적인 것만 추구하고 영적인 것은 등한시합니다. 어쩔 수 없지만 이것이 우리 보통 사람들의 삶입니다. 여러분의 마음 속에 이런 이야기가 어떤 울림을 준다면 다시 한번 우리의 삶을 돌아보았으면 좋겠습니다.

예기치 않은 불행이나 행운도
카르마 법칙 때문인가요?

이전 생과 연결된
원인遠因이 있을 것

우리는 살면서 전혀 예측하지 못한 사고로 불행을 겪는가하면 예기치 않은 행운을 맞이하기도 합니다. 먼저 사고부터 보면, 갑자기 교통사고를 당해 심하게 다치거나 빗길에 미끄러져 뼈가 부러지기도 합니다. 과연 이런 일들도 카르마 법칙에 따라 생기는 것인지 궁금해집니다.

물론 이런 사고들은 근인近因, 즉 가까운 원인으로 설명할 수 있습니다. 자동차를 과속으로 운행했다든지 혹은 빗길을 조심하지 않고 다녔다든지 하는 식의 원인이 있을 겁니다. 이렇게 근인으로 생각하고 잊어버리면 그만인 사건도 많습니다. 해당 사건이 내 인생에 큰 영향을 미친 게 아니라면 그것을 일일이 카르마 법칙과 연관해 생각할 필요는 없습니다.

그러나 카르마 법칙과 연관해서 보면 이런 작은 사건들도 분명 이전 생과 연결할 수 있는 원인遠因, 즉 멀리 있는 원인이 있을 겁니다. 가령 가벼운 교통사고를 당해 병원에 입원했는데 자신을 담당하던 의료진이나 직원과 결혼하게 되었다면 그 사고는 카르마 법칙의 작동으로 인해 발생한 것이라고 볼 수 있습니다. 그가 당한 사고는 미래의 배우자를 만나기 위한 일이었다고 할 수 있기 때문입니다. 앞에서 우리가 배운 것을 이 예에 적용해 보면, 그는 태어나기 전에 다음 생에 일어날 일들을 계획하면서 사고를 통해 배우자를 병원에서 만나는 것으로 구성했을 확률이 높습니다.

그런가 하면 노인의 경우 많은 분들이 목욕탕 같은 곳에서 넘어져 고관절 골절로 고생하다 임종을 맞기도 합니다. 이것 역시 근인으로 보면 고령에 따른 부주의로 발생한 사고라고 할 수 있습니다. 그러나 카르마 법칙에 의거해 원인을 살펴보면 그는 이번 생을 마감할 때 고관절 골절을 통해 죽음을 맞이하는 것으로 계획하고 왔을 가능성이 큽니다. 그러니까 임종에 이르는 수단으로 고관절 골절을 선택한 것이라는 말이지요.

제가 보기에 우리가 늙어서 병으로 사망할 경우 병 때문에 죽었다고 말하는 것보다는 병을 수단으로 삼아 임종을 맞이했다고 보는 것이 타당할 듯합니다. 이런 시각으로 보면 인생의 마지막 단계에서 겪는 암 같은 질병들은 우리를 임종의 세계로 안내하는 매개 역할을 한다고 할 수 있겠습니다.

우리가 죽음을 맞이할 때 겪는 사건들은 이렇게 카르마 법칙의 관점에서 조망해 보면 완전히 다른 해석이 나오게 됩니다. 이 경우에 제가 만난 가장 극적인 사례는 죽음학의 대모라 불린 엘리자베스 퀴블러 로스(1926~2004)의 모친이 겪은 임종입니다. 대단히 자주적이고 지적이었던 로스의 모친은 임종 전 4년을 식물인간 상태로 있었다고 합니다. 그런 모친을 보고 로스는 신을 원망하고 저주했습니다. 신실하고 훌륭했던 한 인간을 4년 동안이나 산송장처럼 만들었으니 말입니다.

그런데 모친이 타계하고 나서 어느 날 로스가 명상을

하고 있는데 내면의 목소리가 들려왔답니다. 로스의 모친은 은총을 받은 것이라는 내용이었습니다. 그 요지인즉슨 로스의 모친은 평생을 남에게 베푸는 일만 했으니 훌륭한 삶을 산 것은 맞는데 영적으로 좀 더 성숙하려면 사랑을 받는 법도 배워야 한다는 것이었습니다.

남에게 사랑받는 법을 배우려면 심각한 장애를 안고 몇 생을 살아야 가능한 일일진대 로스의 모친은 이번 한 생에서 4년이라는 짧은 시간에 그 일을 해결하고 세상을 떠났습니다. 그러니까 보통 사람이라면 몇 생을 환생해야 사랑받는 법을 배우고 이를 통해 영적으로 성장할 수 있는데 그녀는 이 일을 4년이라는 짧은 세월에 해결했다는 것입니다. 그러니 은총이라는 것이지요. 이게 은총이 아니면 무엇이 은총이냐는 것입니다.

로스의 모친 이야기에서 얻을 수 있는 교훈은 제가 앞에서 강조한 것처럼 우리가 지혜로우면 환생의 횟수나 그 기간을 줄일 수 있다는 사실입니다. 그래서 우리는 열심히 배워야 합니다.

이것은 뜻밖의 큰 행운을 얻었을 때에도 마찬가지입니다. 예를 들어 갑자기 귀인을 만나 인생의 향방이 확 바뀌었다거나 혹은 잊고 있던 거액의 보험금을 받게 되었다거나 혹은 뜻밖의 상속을 받는다거나 하는 경우는 모두 카르마 법칙에 따라 일어난 사건으로 해석할 수 있습니다. 이런 굵직한 사건들은 이번 생만 가지고는 설명이 안 되기 때문입니다.

예를 들어 우연히 미국 선교사의 눈에 띄어 그의 도움으로 미국 유학을 가서 박사학위를 받은 사람이 있다고 합시다. 이 경우는 이전 생 언젠가 당사자가 그 선교사에게 은혜를 베풀었을 확률이 높습니다. 그 일이 카르마가 되어 이번 생에 이렇게 좋은 과보로 발현된 것일 테지요.

뜻밖의 보험금이나 상속도 그렇지만 행운을 얻는 경우 가운데 가장 극적인 것은 아마도 복권에 당첨되는 일이 아닐까 합니다. 보험금이나 상속의 경우는 그런 일이 발생할 만한 근인들이 있습니다. 보험에 가입하고 일정 금액을 성실하게 납부한 것이 원인이 될 수 있을 터이고, 부유한 집안이라면 상속받는 일이 가능할 수 있을 것입니다. 그에 비해 복권 당첨의 경우는 어떻습니까? 도무지 원인을 찾을 수 없습니다. 그냥 어느 날 복권을 샀는데 당첨된 것입니다. 그래서 복권 당첨의 경우에는 카르마적으로 이전의 생과 강한 연결고리가 있다고 봐야 할 것입니다.

어떤 전문가는 이런 말을 하더군요. 복권에 당첨된 것은 내가 이전 생 언젠가 남에게 거금을 빌려주고 받지 못한 것에 대한 과보일 수 있다고 말입니다. 물론 이것은 여러 경우의 수 가운데 하나입니다. 검증할 수 없는 일이지만 꽤 재미있는 설명이라 소개해 보았습니다.

이렇게 보면 복권 당첨으로 받은 돈은 이른바 일확천금의 '공돈'이 아니라 이제야 찾은 자기 돈입니다. 만일 이 의견에 동의한다면 당첨금을 훨씬 검박하고 지혜롭게 사용하지 않을까 하는 생각이 듭니다. 원래 자기 돈이었으니 도박을 하는 등 절대 마구 쓰지 못하겠지요. 우리가 이렇게 카르마 법칙을 알게 되면 일상생활을 지혜롭게 할 수 있습니다.

내가 한 일이 아닌데도
수용해야 하는 카르마가 있나요?

자신의 행위와
무관하게 받는 과보, 공업

공업共業이라는 게 있습니다. 이 개념은 전통 불교에도 나옵니다. 그 업을 지은 사람에게만 국한되는 개인적인 카르마와 달리 여러 사람이 같이 업을 지을 경우 이것을 공업이라고 합니다. 이 경우 공과共課, 즉 과보도 같이 받는다고 합니다.

2020년부터 전 세계를 강타한 코로나19 바이러스 사태도 그 대표적인 예라 할 수 있습니다. 이 질병의 원인은 단순하게 보면 그동안 인류가 자연을 파괴한 결과입니다. 인간의 이익을 위해 자연을 마구 파괴하면서 동물과 유지해야 할 거리를 지키지 못하는 바람에 동물들이 보유하고 있던 바이러스가 인간에게로 전염된 것입니다. 그 이전에 있었던 사스나 메르스 같은 감염병도 비슷한 원인으로 발생했습니다. 그럼에도 불구하고 인류가 자연 파괴를 멈추지 않자 이보다 더 강한 바이러스인 코로나19가 전 세계를 덮친 것일 테지요.

그동안 우리들 대부분은 적극적으로 직접 자연을 파괴하지는 않았습니다. 그러나 우리는 자연을 파괴하는 데 간접적으로 일조했습니다. 과소비를 하고 플라스틱류의 일회용품을 많이 써 쓰레기를 양산하고, 자동차나 비행기를 필요 이상으로 많이 타는 등 낮은 차원이지만 우리는 여러 가지 행동으로 꾸준히 자연에 손상을 가했습니다. 그래서 지금 우리 인류는 공업으로 인한 공과로서 이 같은 환경 재앙을 당하고 있는 것입니다. 그런데 이 사태가 앞으로 약화되기는커녕 더 심해질 터이니 걱정이 태산 같습니다.

공업을 이야기할 때 가장 많이 드는 예는 비행기 추락 같은 큰 사고입니다. 이 같은 사고로 많은 사람들이 동시에 사망하면 이것은 그들에게 동시에 같이 죽을 카르마가 있었기 때문에 생긴 사건이라고 말합니다. 카르마 이론의 입장에서 이와 같이 설명하는 것이 이해되기는 하지만 그래도 그냥 받아들이기에는 주저되는 부분이 있습니다. 카르마 법칙이 아무리 오차 없이 정확하게 작동한다 해도 어떻게 한날한시에 죽을 사람들을 수백 명씩이나 모아 한 비행기에 태울 수 있느냐는 것입니다.

한 개인이 사고로 죽는 것은 그의 개인적인 카르마로 설명할 수 있지만 수백 명이 동시에 한 비행기를 타서 죽는 것은 설명이 어렵습니다. 그렇다고 그냥 우연이라고 간주하자니 '모든 것에는 원인이 있다'라는 카르마 법칙에 어긋납니다. 이렇듯 카르마 법칙과 그 운용 양상을 완전하게 이해하고 해석하는 일은 쉽지 않습니다.

그런데 공업으로 인해 발생한 사건에서도 개인적인 카르마가 작동하여 해당 사고를 피한 사람이 있더군요. 이것은 실제로 있던 일로 사건의 개요는 이렇습니다. A라는 사람이 예매한 표를 가지고 비행기를 타러 갔다가 마침 더 싼 표가 있어서 그 비행기를 타지 않았습니다. 다른 곳을 경유해 가는 표라 값이 쌌는데 A는 비행기를 타기 직전에 이 표로 바꾸었다고 합니다. 그런데 그가 원래 타려고 예매했던 비행기가 추락해 탑승자 전원이 사망했습니다. 사망 사고의 문턱까지 갔던 A가 살아남은 것은 분명 그의 개인적인 카르마가 작동한 것으로 보아야 합니다. 그것이 무엇이고 어떻게 작동했는지에 대한 자세한 사정은 알 수 없지만 A의 카르마는 그 비행기 사고로 죽을 운명이 아니었던 모양입니다.

그런가 하면 비행기 추락 사고를 당했는데도 구사일생으로 살아남은 사람이 있습니다. 비행기 사고에서 생존하는 것은 매우 드문 일인데 그래도 간혹 생존하는 사람이 있습니다. 이 경우에 그가 살 수 있었던 것은 공업을 넘어선 개인의 카르마 때문일 것입니다.

공업과 관련된 설명을 할 때 항상 거론되는 사건은 전쟁입니다. 한 나라에 전쟁이 일어나면 좋든 싫든 모든 국민이 휘말려 들어가니 이것 역시 대표적인 공업의 현장이라 할 수 있습니다. 현대 한국인들에게는 6.25 전쟁이 가장 대표적인 예가 되겠지요. 한국인이 겪은 전쟁 가운데 가장 참혹한 전쟁일 테니 말입니다. 1950년에 한반도에 살고 있던 한국인들이 모두 이 전쟁을 겪게 된 것은 공업의 결과라고 할 수 있습니다.

그런데 문제는, 6.25 전쟁은 내가 잘못해서 일어난 사건이 아니라는 것입니다. 그렇지 않습니까? 거시적으로 보면 이 전쟁은 국내 문제 때문이라기보다는 국제정치학적인 패권 쟁탈에 따라 일어난 전쟁이라고 할 수 있습니다. 즉, 북한을 통해 한반도를 장악하려는 소련과 그것을 막으려는 미국이 벌인 전쟁입니다(물론 다른 시각도 있습니다). 그러니 6.25 전쟁이 일어난 데에 보통의 한국인들은 그다지 책임이 없습니다. 한국인들에게 죄가 있다면 그 기간 대에 한반도에 태어난 것밖에 없습니다. 굳이 죄를 묻는다면 이렇게 대답할 수 있다는 것입니다.

이처럼 자신의 행위와 무관하게 짊어져야 할 과보를 공과라고 했습니다. 그런데 6.25 전쟁의 경우 앞에서 말한 것처럼 보통의 한국인들은 이 전쟁을 일으킬 만한 공업을 짓지 않았습니다. 그런데도 한국인들은 과보를, 그것도 매우 혹독한 공과를 받았습니다. 이렇게 같은 과보를 받은 이상 쉽게 파악하기는 어렵지만 여기에도 원인이 있다고 보아야 합니다. 원인 없는 결과는 있을 수 없으니 말이지요. 이런 경우에 어떤 원인이 있을까요?

이것은 답변하기 쉬운 질문이 아닙니다. 무리를 감수

하고 굳이 설명을 시도해 본다면 이 정도는 가능할 것 같습니다. 한 나라에 태어나는 사람들은 집단으로 태어나는 경우가 많은 모양입니다. 이에 대해 케이시는 아주 흥미로운 주장을 하더군요. 현대 미국인들의 전생을 추적해 본 결과 그들의 환생에서 일종의 지역적인 패턴이 발견되었다는 것입니다. 케이시가 밝힌 패턴 가운데 가장 흔한 것을 소개하면 이렇습니다. 현대의 미국인들은, 직전생은 미국 남북 시대에 살았고 그 이전 생으로 가면 유럽에서 살았던 경우가 많이 발견된답니다. 미국인들이 이전 생에 중세 유럽에서 환생해 살았다는 것인데 또 그 이전 생으로 거슬러 올라가면 로마 시대 때 살던 삶이 많이 나온다고 합니다. 더 올라가면 이집트에서의 삶이 있고 마지막으로 아틀란티스 대륙에서의 삶이 있다고 하더군요(아틀란티스 대륙 이전의 삶은 이야기하지 않았습니다). 이렇게 보면 현대 미국인 가운데에는 이집트 시대 이전부터 살던 영혼들이 많은 것을 알 수 있습니다.

만일 케이시의 주장이 사실이라면 우리 한국인들의 환생에도 어떤 일정한 패턴이 있지 않을까요? 한국인들이 그렇게 무리를 지어 한반도에 태어났다면 응당 과보도 같이 받아야 할 것입니다. 이해를 돕기 위해 예를 들어보면, 미국 남북전쟁은 대단히 참혹한 전쟁이었습니다. 일반적인 미국인들은 이 전쟁이 발발하는 데 공업을 만들지 않았을 겁니다. 그러나 그들은 그 시대에 그 땅에 태어났기 때문에 어쩔 수 없이 전쟁을 겪어야 했습니다. 이와 마찬가지로 1950년대의 한국인들도 6.25 전쟁이 일어난 그 시대에 자신이 왜 한반도에 태어났는지 모릅니다. 그러나 일단 태어난 이상 전쟁이라는 과보를 피할 수 없었습니다.

저는 개인적으로 6.25 전쟁 통에 태어나지 않은 것을 크게 다행으로 생각하고 있습니다. 6.25 전쟁이 끝난 지 2년여 후에 한반도에 태어나서 이 전쟁을 피할 수 있었습니다. 제 개인적인 억측인데 아마도 저는 이 지상에 내려오기 전에 전쟁이 끝나면 가겠다고 계획한 것이 아닐까 하는 생각을 해봅니다. 전쟁이 너무 참혹해 피하고 싶었던 것 같습니다. 여러분은 어떤 공업을 갖고 계신가요?

생각만 해도
카르마가 만들어지나요?

이 질문은 앞에서 이미 간략하게 다룬 바 있습니다. 그러니 여러분도 이제 답을 알고 계실 겁니다. 우리가 행동과 말과 생각으로 하는 모든 것이 카르마를 형성해 나의 무의식에 저장되니 생각은 분명히 카르마를 만들어냅니다. 그런데 생각만 하고 행동에 옮기지 않는 것과 실제로 행동하는 것에는 큰 차이가 있겠지요.

앞에서 말한 대로 예수님은 우리가 생각으로만 간음해도 실제로 간음한 것과 마찬가지라고 했습니다. 그런데 이것을 문자 그대로 받아들여서는 안 될 것입니다. 생각으로만 상대방을 간음하려고 한 것과 실제로 간음 혹은 간음에 버금가는 행동을 범한 것에는 너무나도 큰 차이가 있기 때문입니다. 예수님의 말씀은 마음속으로 하는 생각이 남에게는 보이지 않지만 그것 역시 부정적인 기운을 만들기 때문에 조심해야 한다는 취지로 읽힙니다.

간음뿐만이 아닙니다. 우리는 일상생활을 하면서 다른 사람을 얼마나 미워하고 시기하며 질투합니까? 그런데 이렇게 마음속으로만 부정적인 생각을 하는 것과 그것을 실제 행동으로 옮겨 일을 저지르는 것은 차원이 전혀 다릅니다. 다른 사람을 시기하고 질투하는 마음은 그 사람을 죽이고 싶은 마음과 같다고 하겠습니다. 그런데 그 마음을 이기지 못해 실제로 살인을 하거나 상해를 가하면 이것은 엄청난 카르마를 만들게 됩니다. 그리고 현실의 법으로도 제재를 받아 엄중한 심판을 받겠지요.

그러나 만일 이 모든 것을 생각으로만 했다면 실제 행동으로 옮겼을 때보다는 과보가 훨씬 적을 것입니다. 부정적인 에너지가 조금만 만들어지는 것으로 그치기 쉽지요. 또 상대방을 마음으로만 미워하는 일은 아무리 많이 해도 법적인 제재를 받지 않을 터이니 행동으로 옮기지 않은 생각에 관해서는 크게 걱정할 게 없겠습니다.

사정이 그렇다고는 하지만 남을 미워하고 시기하는 일도 오래 지속하면 자연스럽게 카르마 법칙의 강한 제재가 들어옵니다. 이런 마음 상태를 몇 년, 몇십 년을 지속하면 우선 본인의 몸이 망가집니다. 그 부정적인 기운이 관절염 같은 병으로 발현돼 온몸에 골병이 들 겁니다. 이런 병은 약으로도 고쳐지지 않습니다. 자신과 상대방을 용서할 때만 이 병에서 해방될 수 있습니다.

이처럼 부정적인 생각을 계속해서 한다면 카르마 법칙에 의해 나에게 심각한 문제가 발생할 수 있습니다. 매우 부정적인 과보가 생기기 때문입니다. 이에 대한 좋은 예가 에드거 케이시의 문건에 나옵니다. 이번 예는 꽤 극적이라 기회가 있을 때마다 많이 거론했으니 간단하게 보겠습니다.

케이시가 전생을 읽어준 사람은 30대 여성인 A라는 사람입니다. A는 태어나자마자 소아마비에 걸려 절름발이가 되었고 곱사등이가 됩니다. 집에서 성실히 일만 하는데도 부모에게 줄곧 천대를 받고 자랐습니다. 남자 복이 없어 결혼도 하지 못했습니다. 그러다가 계단에서 굴러떨어져 굽은 등을 또 크게 다쳤습니다. A는 이번 생에 한마디로 몸과 마음이 만신창이가 되었습니다.

케이시가 A의 전생을 읽어본 결과 그녀는 이전 생에 도덕적으로 문제가 많은 삶을 산 것으로 판명되었습니다. 이번 생과 연결된 전생은 로마 시대 때의 삶이었습니다. 당시 A는 귀족으로 살면서 투기장에서 사람들이 싸우는 것을 많이 보았던 모양입니다. 이 장면을 많이 본 것도 문제이지만 그때 사람들이 크게 다치는 것을 보고 마구 비웃었답니다. 자신은 귀족이고 검투사들은 노예나 죄인이었을 터이니 그들을 대놓고 깔보면서 심하게 조롱한 것입니다. 귀족인 A의 눈에는 검투사들이 인간으로 보이지 않았던 것이지요. 케이시는 A가 그 시절 그렇게 비인간적인 언행을 한 것이 카르마를 만들어 이번 생에 그토록 처절한 삶을 살도록 과보를 받았다고 진단했습니다.

이 역시 검증할 수 있는 사례는 아니지만 저는 A와 같은 경우를 '간접적인 되갚음'의 원리가 적용된 과보라고 말합니다. 간접적이라고 하는 이유는, A가 상대방에게 직접 위해를 가한 적은 전혀 없기 때문입니다. 비웃고 조롱한 것밖에는 없습니다. 그런데도 A는 이번 생에 몸이 엉망이 됐습니다. 직접 해를 가하지 않았는데도 이런 결과가 나왔으니 카르마 법칙의 간접적인 되갚음이라고 한 것입니다.

만일 A의 사례가 틀린 것이 아니라면 우리는 남을 조롱하고 비웃는 일이 얼마나 나쁜 과보를 가져오는지 알 수 있습니다. 이 사례를 놓고 추정해 보면, 이번 생에 엉망이 된 A의 몸은 크게 다친 검투사들의 몸 상태와 비슷할 것입니다. 검투사들은 서로 싸우는 통에 몸이 만신창이가 되었을 텐데 A의 몸이 그런 모습일 것이라는 생각입니다.

카르마 법칙이 A에게 전하기를 '다친 사람들이 큰 고통으로 신음하고 있는데 당신은 그것을 보며 비웃었으니 그와 똑같이 경험해 보라'고 훈시하는 것 같습니다. 우리가 다른 사람, 그것도 고통으로 신음하는 사람을 조롱하면 우리도 언젠가는 똑같은 고통을 겪게 되니 다시는 다른 사람을 비웃지 말라고 카르마 법칙이 교훈을 주는 것일 테지요. 케이시가 남긴 문건에는 A와 비슷한 사례들이 꽤 많이 나옵니다.

카르마 법칙은, 물론 부정적인 경우에만 적용되는 것은 아닙니다. 당연히 긍정적인 경우에도 해당됩니다. 이를 앞

213

의 부정적인 사례들과 연결해서 역으로 생각해 보겠습니다. 즉, 선행을 직접 행하지 않고 남을 이롭게 하고 돕겠다는 생각만 해도 좋은 카르마가 만들어진다고 할 수 있습니다. 그렇지 않겠습니까? 그런데 제가 공부한 책들에서는 아쉽게도 이런 사례를 찾기 힘들었습니다. 대신 앞에서 소개한 부정적인 사례가 많았습니다. 이런 사정 때문에 사람들이 카르마 법칙을 징벌로 오해하는 것 같습니다.

물론 선행을 직접 행동으로 옮기는 것이 제일 좋습니다. 그러나 우리가 다른 사람을 위하는 생각만 해도 긍정적인 에너지가 생성되어 분명히 내게 좋은 과보가 올 것입니다. 그런가 하면 기도하는 것 역시 좋은 과보를 가져올 수 있는 훌륭한 방법입니다. 기도는 큰 힘을 갖고 있습니다. 특히 간절한 기도는 좋은 기운을 옹골차게 만들어 내기 때문에 후에 좋은 과보를 얻을 수 있을 것입니다. 이때 중요한 것은 간절함과 순수함입니다. 자신의 이익이 아니라 다른 사람과 사회를 위해 순수하게 하는 기도에는 힘이 실립니다. 이런 기도를 오래 하면 언젠가 카르마 법칙이 우리에게 좋은 과보를 선사하게 될 것입니다.

카르마를 적게 만들 수 있는
방법이 있나요?

감정에 휩쓸리지 말고,
한 걸음 뒤에서 관조하는 나그네처럼

우리 인생의 목적은 의외로 단순합니다. 거창하게 말하면 자아실현이나 깨달음과 같은 목표를 내세울 수 있지만 이런 것들은 이번 한 생에 이루기가 힘들지요. 깨달음은 언감생심이고 자아실현도 말은 그럴듯하지만 실제로 이룬 사람은 많지 않습니다. 우리 같은 보통 사람들은 대부분 다른 사람의 의견에 휩쓸려 내가 원하는 것을 하기보다는 세상이 원하는 것을 하다가 생을 마감하는 경우가 많기 때문입니다. 그래서 자아실현이나 깨달음 같은 비현실적인 목표를 지향하기보다는 실질적인 목표를 갖는 게 바람직하지 않을까 합니다. 그 실질적인 목표가 무엇일까요?

그 목표는 앞에서 계속해서 말한 것처럼 일단 지구 학교를 졸업하는 일이라고 할 수 있습니다. 그러나 이 또한 짧은 한 생 안에 이룰 수 있는 일이 아닙니다. 이 일은 한두 생이 아니라 다생을 필요로 하는 일이기 때문입니다. 그래서 거개의 우리는 이번 생을 마치고 나서, 그게 언제가 될지는 알 수 없지만 또다시 지구 학교에 입학해야 합니다. 지상에 다시 태어나야 한다는 말입니다. 내가 쌓아놓은 또 다른 카르마를 해소하기 위해 재입학하는 것이지요.

사정이 이렇다면 우리가 이번 생을 살면서 성취할 수 있는 실질적인 목표는 무엇일까요? 그것은 가능한 한 카르마를 적게 만드는 일입니다. 이 일은 거창하고 멋있기는커녕 초라하고 소극적으로 보이지만 이것이야말로 우리가 지금 여기서 달성할 수 있는 가장 현실적인 최고의 목표입니다.

여기서 살고 있는 우리들 대부분은 아직 높은 인격을 갖춘 순수한 영혼의 수준에 이르지 못했습니다. 그래서 카르마를 만들지 않고는 살 수 없습니다. 아시다시피 우리는 노상 누군가를 욕하고 미워하면서 살고 있지 않습니까? 하다못해 정치인에 대해서도 얼마나 많은 험담을 합니까? 또 연예인을 향한 공연한 구설수를 얼마나 많이 만들고 있습니까? 이는 모두 카르마를 만드는 일입니다. 그것도 좋은 카르마가 아니라 좋지 않은 카르마를 만들어냅니다. 그래서 나중에 좋지 않은 과보가 생기니 문제라 할 수 있습니다.

이런 일들을 하루아침에 끊을 수는 없습니다. 그러나 그 양을 대폭 줄일 수는 있습니다. 이를 위해 우리는 스스로 감정을 컨트롤해야 합니다. 다시 말해 가능한 한 감정에 휩쓸리지 말자는 것입니다. 카르마는 우리가 감정에 휩쓸릴 때 많이 만들어집니다. 감정은 우리를 카르마를 만드는 지름길로 인도하지요.

그래서 붓다가 사람을 사랑하지도 말고 미워하지도 말라고 한 것입니다. 미워하지 말라고 한 것은 이해가 되지만 사랑하지도 말라고 한 것은 조금 의아하지요? 그리스도교에서는 다른 사람을 사랑하라고 가르치는데 붓다는 그런 인간적인 감정도 금하니 말입니다. 이는 누군가를 사랑한다는 것도 욕망을 일으키는 일이기 때문입니다. 욕망을 내는 즉시 카르마가 만들어집니다. 그래서 나와 그

대상 사이에 일종의 에너지장이 생성됩니다. 그러면 우리는 그 연에 이끌려 또 만나게 되고, 만나면 다시 사랑의 감정을 일으켜 카르마를 짓는 일을 반복하게 됩니다.

그런데 우리가 어떻게 다른 사람을 사랑하지도 않고 미워하지도 않을 수 있겠습니까? 이것은 애당초 가능한 일이 아닙니다. 그러면 어떻게 하는 것이 좋을까요? 여기에는 단계가 있습니다. 일단 사랑하고 미워하는 감정을 일으키지 않는 게 제일 좋습니다. 그런데 이것은 거의 불가능한 일이라고 했지요? 그러면 그다음 단계로 가면 됩니다. 즉, 사랑하고 미워하고 남을 욕하는 시간을 가능한 한 줄여보기로 합시다. 그런 마음이 일어날 때마다 스스로 브레이크를 걸어서 마음이 일어나는 것을 저지하기로 노력해 봅시다. 이것도 쉽지 않겠지요? 다짐하고 또 다짐해도 어느새 다른 사람을 욕하고 미워하고 있는 자신을 발견할 테니까요. 그것도 아주 빈번히 말입니다.

그러나 걱정하지 않으셔도 됩니다. 이럴 때도 카르마를 줄일 수 있는 방법이 있습니다. 다음 단계로 가보지요. 그것은 바로 남을 미워하고 욕하는 자신을 주시하는 것입니다. 그렇게 주시하면서 마음속으로 '아, 지금 내가 다른

사람을 욕하고 있구나'라고 되뇌어봅시다. 이렇게 한다고
해서 카르마가 생성되지 않는 것은 아니지만 그 에너지
가 대폭 약해집니다. 부정적인 에너지가 훨씬 덜 생긴다
는 것이지요. 이렇게 끊임없이 노력하면 나중에 받는 과
보 역시 약하게 발현될 것입니다. 그리고 이런 노력을 거
듭하다 보면 타인을 미워하고 욕하는 일을 결국은 그만두
게 될 수 있습니다.

시중에 유행하고 있는 소위 '마음챙김' 명상법이 바로
이런 것입니다. 이 용어는 'mindfulness'를 번역한 것인데
저는 이 마음챙김이 좋은 번역이라 생각하지 않습니다.
이 경지는 자신이 자신의 마음을 챙기는 것이라기보다 자
신을 주시하는 것입니다. 그럼으로써 항상 각성 상태를
유지하는 것이지요.

이렇게 자신을 주시하고 있으면 욕망이 치솟는 것도 바
라볼 수 있는데 그 상태가 되면 그 욕망의 감정에 휩쓸리
지 않을 수 있습니다. 아니, 정확하게 말하면 감정에 휩쓸
릴 수도 있지만 그때에도 '내가 지금 감정에 휩쓸리고 있
구나'라고 읊조리면 됩니다. 이것을 자꾸 훈련하다 보면
항상 깨어 있는 상태를 유지할 수 있을 것입니다. 바로 이

방법이 카르마를 짓지 않는, 아니 가능한 한 줄일 수 있는 최고의 방법이라고 하겠습니다.

이 장을 마칠 때가 되었습니다. 여러분은 혹시 '우리는 모두 지구별 여행자다'라는 말을 들어보신 적이 있으신지요? 나그네적인 삶을 이야기하는 것인데 이 말은 우리 인생을 바로 나그네처럼 살라는 의미입니다. 나그네는 삶을 어떻게 대합니까? 자신이 있는 곳이 여행지이기 때문에 현실에 직접 개입하지 않습니다. 대신 한 걸음 뒤에서 그곳을 관조합니다. 객관적인 입장에 서는 것이지요.

그러니 '좋다', '싫다' 같은 감정이 격렬하게 일어나지 않습니다. 좋은 감정이 일어나도 그것에 마음을 싣지 않기 때문에 마음이 흔들리지 않습니다. 그 좋은 마음을 관조할 뿐입니다. 그렇게 계속하다 보면 마음이 초연해집니다. 그러면 카르마와 이별할 수도 있습니다. 나그네는 바로 이런 삶의 전형을 보여주고 있다고 하겠습니다.

문득 이 긴 단원을 마무리하면서 이런 생각을 해봅니다. 박목월의 시 〈나그네〉나 송창식의 노래 〈나그네〉 혹은 최희준의 노래 〈하숙생〉을 감상하며 카르마 법칙의 대탐사 와중에 잠시 여유를 찾아보는 것도 좋겠습니다.

6장

행복한 삶과 성공, 그리고 영적인 성장을 위하여

인간은
왜 사는 건가요?

자신을 반추해 보면 알 수 있어

이 질문은 대단히 거창해 보입니다. 그러나 우리가 한 번쯤은 던져보았을 중요한 질문이기도 합니다. 이 질문에 대한 대답은 이미 앞에서 부분적으로 제시했습니다. 그런데 이 주제는 대단히 중요한 것이라 이렇게 별도의 장을 만들어 다시 한번 정리해 볼까 합니다. 앞에서 우리가 이 세상에 태어나는 이유는 각자 풀어야 할 과제가 있기 때문이라고 했습니다. 이 생각을 유념하면서 이 문제를 좀 더 거시적으로 조망해 보겠습니다.

우리가 일상생활을 하다 보면 이 생만 존재한다고 생각

하기 쉽습니다. 예를 들어 저는 이번 생에 남자로 태어나 인생의 전반부에는 공부만 하다가 30대 중반에 교수가 되어 그렇게 60여 년을 살아왔는데 이것이 마치 나의 전부인 것처럼 느껴집니다. 이것과 다른 저는 전혀 생각나지 않습니다. 여러분도 마찬가지일 겁니다.

그런데 이는 이번 한 생만 보는 제한적인 시각입니다. 카르마 법칙에 따르면 우리는 언제 시작했는지 모르지만 수많은 생을 살아왔습니다. 그 많은 생을 사는 동안 성별도 계속 바뀌었을 것이고 다양한 직업을 전전했을 것이며 전혀 다른 시대에 다른 지역에서 태어나 다양한 성격을 갖고 살았을 겁니다.

이러한 모습은 앞에서 소개한 와이스의 환자 캐서린의 경우를 보면 쉽게 알 수 있습니다. 캐서린이 최면 상태에서 밝힌 자신의 몇몇 전생은 다음과 같았습니다. 고대 이집트 시대에는 여자 하인으로, 18세기 스페인에서는 윤락여성으로, 20세기 독일에서는 전투기 조종사로 사는 등그녀가 거친 생은 매우 다양했습니다. 이런 여러 전생에서 캐서린은 이번 생의 자신과는 전혀 다른 인격으로 살았을 것입니다. 그러면 그녀의 진짜 인격은 무엇일까 하는 의문이 드는데 이는 심오한 철학적인 문제라 여기서는 다루지 않겠습니다.

한 영혼이 이렇게 수많은 전생에서 다양한 모습으로 사는 것은 와이스의 연구뿐만 아니라 다른 전생 체험 연구자들이 제시한 사례에서도 발견됩니다. 어떤 연구자는 이런 말도 했습니다. 내담자들이 역행 최면을 통해 전생의 인격으로 돌아가면 그 변환이 하도 심해 그때의 인격과 지금의 인격이 동일한 사람의 것이라고 믿을 수 없을 정도라고 말입니다. 인격이 완전히 바뀌니 이렇게 말한 것일 텐데 만일 이 내담자가 진짜 전생을 말한 게 아니라 연기를 한 것이라면 아카데미 영화제에서 주연상을 받을 만하다는 평가까지 하더군요. 내담자의 언행이 하도 생생해 그렇게 말한 것이겠지요.

저는 내담자들이 연기를 했다고는 생각하지 않습니다. 평소에 연기를 전혀 해보지 않던 사람들이 어떻게 그런 '리얼한' 연기를 할 수 있겠습니까? 이들은 최면 중에 자신의 전생을 직접 체험하고 있었을 겁니다.

어떻든 이 주제를 연구한 전문가들의 주장을 받아들인다면 우리는 수많은 생애 동안 엄청나게 다양한 삶을 산 것이 됩니다. 어떤 책을 보면 내담자들이 선사시대에 살았던 기억까지 되살린다고 하더군요(캐서린에게도 이런 기억이 있었습니다). 이들의 주장을 인정한다면 우리의 영혼(혹은 의식)에는 엄청난 양의 카르마가 저장되어 있을 겁니다. 수십만 년을 다양한 인격으로 살았을 터이니 그 카르마가 얼마나 많고 다양하겠습니까? 그런데 우리는 이번 생에 지금의 이 모습으로 살고 있습니다. 어떤 과정을 거쳐 이렇게 되었을까요?

이것은 카르마 법칙으로 설명할 수 있습니다. 이번 생에 내가 이런 모습으로 사는 것은 카르마 법칙에 따라 내가 정한 것입니다. 그러니까 우연히 이렇게 된 것이 아니라는 말이지요.

이에 대한 사안은 앞에서도 언급했습니다만 전문가들의 연구에 힘입어 그 과정을 재구성하여 옮기면 대체로 이럴 것입니다. 여러분도 앞서 본 내용들을 상기하면서 정리해 보면 좋겠습니다. 먼저 우리는 영혼의 형태로 영혼들의 세계에 머물러 있었습니다. 그런데 우리는 여전히 지상에서 해결해야 할 카르마를 많이 갖고 있습니다. 그러다 몇몇 카르마를 해결할 수 있는 여건이 지상에 형성

됩니다(이 여건은 자신이 만들 수도 있습니다).

　이렇게 여건이 만들어지면 등장하는 존재가 있습니다. 보통 마스터라고 불리는 존재인데 이들은 더 이상 환생하지 않는, 영적으로 매우 뛰어난 고급 영혼이라고 합니다. 이들은 지상에 내려오지 않고 영혼의 세계에 머물면서 환생을 거듭하는 일반 영혼들을 위해 봉사하고 있다고 하지요. 물론 그곳의 사정에 밝지 못한 우리 보통 사람들은 이 마스터 영혼들의 존재를 믿기 힘듭니다.

　그러나 이 방면을 다룬 책들을 보면 마스터의 존재가 빠지지 않고 나옵니다. 사실 마스터 영혼들의 도움이 없다면 우리는 카르마 소진 계획을 짜기 힘들지 모릅니다. 카르마의 세계가 워낙 까다롭고 복잡하기 때문에 보통의 지능을 가진 우리들이 혼자 힘으로 다음 생에 대한 계획을 짜는 일은 쉽지 않을 것 같습니다. 일단은 그런 고급 영혼들이 있다는 사실을 받아들이기로 하고 설명을 진전해 보겠습니다.

　우리가 마스터와 가장 먼저 해야 할 일은 무엇일까요? 그것은 다음 생에 내가 어떤 카르마를 소진할지를 정하는 일일 겁니다. 우리의 영혼에는 엄청난 카르마가 저장되어 있어 그것을 한 생에 다 소진시키는 것은 불가능합니다. 그래서 우리는 그 가운데에서 다음 생과 연관이 있는 카르마를 골라야 합니다. 이렇게 해서 선정한 카르마가 곧 지상으로 내려가 살게 될 생애에 풀어야 할 평생의 과제가 되는 것입니다.

마침내 이번 장을 시작하면서 물었던 질문에 대한 답이 나왔습니다. 우리 인간이 사는 이유는 바로 내가 선정한 이번 생의 과제가 무엇인지를 정확히 알아내고 그것을 해결하기 위해서입니다. 바로 이것이 인생의 목표라고 할 수 있습니다.

이렇게 보면 '도대체 내가 왜 이 세상에 태어난 것일까?', '사는 게 힘들고 아무 의미도 없는 것 같은데, 죽으면 다 끝인 것 같은데 왜 살아야 할까?'라는 질문은 잘못된 것이라 할 수 있습니다. 대신 '이번 생에 내가 풀어야 할 과제는 무엇일까?'라는 질문을 진지하게 던지고 그 답을 얻기 위해 '올인'해야 합니다. 이 작업은 생을 마칠 때까지 해야 할 겁니다. 어느 때에 이 작업을 시작하든 그것은 문제가 되지 않습니다. 늦은 때란 없습니다. 이것이 우리 인생의 목표입니다.

여러분은 살아야 할 이유를 공연히 먼 데서 찾지 마시길 바랍니다. 우리가 살아야 할 이유는 이미 우리의 의식(영혼) 안에 정보 형태로 저장되어 있으니 자신을 반추反芻해 보면 찾을 수 있습니다. 조금만 주의를 기울이면 곧 발견할 수 있습니다. 가령 관련 서적을 읽는다거나 관심이 비슷한 사람들과 이 주제에 대해 토론하는 것도 좋은 방법입니다. 나와 관련된 중요한 인연이나 주요 사건들을 점검해 보는 일도 빠트리면 안 되겠지요. 여러분이 이렇게 다양한 방법을 활용하여 스스로의 삶을 진지하게 반추해 본다면 어렵지 않게 인생의 목표, 즉 이번 생에 내가 가져온 카르마가 무엇인지 알 수 있을 것입니다.

왜 증오를
용서로 갚아야 하나요?

세계 종교의 가르침과
카르마의 교리

우리는 앞에서 증오, 그중에서도 특히 이유 없이 특정 사람을 싫어하는 증오의 감정이 어떻게 발생하게 되었는지에 대해서 검토한 적이 있습니다. 그런데 여기서 주의했으면 하는 점이 있습니다. 그것은 모든 일을 전생과 카르마 법칙의 입장에서 보는 것을 피해야 한다는 사실입니다. 다시 말해 우리가 어떤 문제에 봉착했을 때 무조건 전생이나 카르마 법칙을 적용해 그 문제를 설명하려고 하지 말라는 것입니다. 그보다는 현생 안에서 원인과 결과를 찾는 것이 더 현명한 경우가 많습니다. 다시 말씀드리지만 우리가 전생으로 달려가는 것은 이번 생만으로는 도저히 설명이 안 될 경우에만 한하는 것입니다. 앞으로 이 점을 특히 유의해 주시면 좋겠습니다.

우리는 이미 카르마 법칙의 관점에서 증오를 극복하는 방법에 대해 보았습니다. 이번에는 세계 종교의 관점에서 이 문제를 보려고 합니다. 불교나 그리스도교 같은 세계 종교를 보면 일반 상식으로는 이해하기 힘든 가르침이 있습니다. '원수를 사랑하라'는 것이 바로 그것입니다.

세속적인 입장에서 볼 때, 나를 해코지한 원수를 무조건 용서하고 사랑을 베풀라는 이 가르침은 쉽게 이해할 수 없을 것입니다. 내 부모나 자식을 죽인 원수를, 혹은 나를 배신해서 내 모든 것을 빼앗아간 원수를 어찌 사랑하라고 하는 겁니까? 그런 짓을 한 상대를 죽여도 분이 풀리지 않을 것 같은데 그 원수를 용서는 물론 사랑까지 하라고 하니 어이가 없을 정도입니다.

그래서 세간에서는 아직도 원수를 갚는 것이 상식처럼 되어 있습니다. 그런데 카르마 법칙을 이해하면 원수를 원수로 갚으려는 우리의 태도가 잘못된 것이고 성현들의 가르침이 맞는다는 것을 어렵지 않게 알 수 있습니다. 좀 더 이해를 돕기 위해 현실적인 예를 가지고 설명해 보겠습니다.

내가 A라는 친구와 동업을 시작했습니다. 그런데 A가 나를 배신하고 나의 모든 재산을 가지고 도망쳤습니다. 은행 빚으로 시작한 사업인데 그 돈이 없어졌으니 나는 빚쟁이로 전락해서 파산했습니다. 살던 집까지 차압당해 거리로 내몰린 탓에 거의 노숙자 신세가 되었습니다. 친구 A만 생각하면 울화가 치밀어 올라 살 수가 없습니다. 어떻게든 A를 찾아내 다시는 일어나지 못하도록 만신창이로 만들고 싶은 생각뿐입니다.

그런데 이 경우를 카르마 법칙의 입장에서 접근하면 해석이 달라질 수 있습니다. 우선 내가 A에게 당한 것은 이전 생에 내가 A에게 똑같은 일을 행한 결과일 수 있습니다. 쉽게 말해 이전 생에 내가 A를 배신하고 돈을 횡령했다는 것이지요. 그에 대한 과보로 A가 나에게 그런 몹쓸 짓을 한 것이라는 말입니다.

이렇게 추정하는 것은 카르마 법칙에 따른 것입니다. 카르마 법칙의 가장 큰 원칙은 받은 그대로 상대방에게 되갚는 것 아닙니까? 만일 이 의견에 동의한다면 나는 A를 증오할 수 없을 것입니다. 왜냐하면 A는 이전 생에 내게 빼앗겼던 자신의 돈을 가져간 것이기 때문입니다. 자기 돈을 회수한 것이지요. 그런데 이 점을 간과하고 이번 생만 생각한 나머지 복수하겠다는 마음을 품고 그것을 실행에 옮긴다면 나는 또다시 부정적인 카르마를 만들게 됩니다. 그렇게 되면 이 일은 반드시 후생의 언젠가 나에게 좋지 않은 과보를 가져오겠지요.

세계 종교에서 원수를 사랑하라고 가르치는 것은 바로 이런 이유에서일 것입니다. 내가 지금 당하는 일이 있다면 그것은 이전에 내가 잘못했던 일에 대한 과보이니 수용해야 하는데 그와 반대로 원수를 갚겠다고 하면 어불성설이라는 의미겠지요. 원수를 사랑하라는 세계 종교의 교리는 그 의도는 알 수 있었지만 도대체 우리가 왜 그래야 하는지에 대해서는 이런 카르마적인 해석과 같은 설명이 부족했습니다. 그래서 무조건 용서하라고 종용하는 세계 종교의 가르침이 황당하게 느껴질 수 있었던 것입니다. 카르마 교리는 이처럼 세계 종교들이 놓친 부분을 깨끗하게 설명하고 보완해 주고 있습니다.

그러나 카르마 법칙의 사정이 이렇다고 해서 '다 전생

에 내가 한 일이니 무조건 받아들여야지'라고 하면서 속수무책으로 있어서는 안 될 것입니다. 사리를 따져보고 더 이상의 카르마를 짓지 않으면서 해당 상황을 개선할 방안을 적극적으로 모색해야 합니다. 이때 사람을 증오해서 부정적인 카르마를 만드는 일은 하지 말아야 합니다. 그러면서도 자신이 잃은 것들을 만회할 방법을 생각해 볼 수 있을 것입니다. 그렇게 노력한 뒤에 결과가 나오면 그것을 겸허히 받아들이면 됩니다.

그러니까 '지금 내가 겪는 환란이 모두 전생에 내가 저지른 행위의 결과이니 무조건 받아들이자'와 같은 태도는 바람직하지 않다는 것입니다. 나의 노력에 따라 얼마든지 주어진 환경을 바꿀 수 있습니다. 할 수 있는 데까지 해보아야 합니다. 그래야 바꿀 수 있는 것과 바꿀 수 없는 것을 확실하게 알게 됩니다. 바꿀 수 있는 것에 대해서는 모든 노력을 기울여서 바꾸어 보고, 바꿀 수 없는 것은 기꺼이 받아들이는 쪽으로 방향을 잡아야 합니다. 카르마 법칙을 거역하고 너무 엇가는 것도 문제이지만 모든 것을 카르마 법칙이라 해석하거나 의존하여 처음부터 체념하는 것도 좋은 태도가 아닙니다.

중요한 것은 내게 발생한 일들을 처리할 때 더 이상 카르마를 짓지 않는 것이라고 했습니다. 그러기 위해서는 개인적인 차원이 아니라 사회에 그 해결을 맡기는 것이 현명한 방법이라 하겠습니다. 즉, 복잡하고 번거로우더라도 사회 정의의 실현을 맡고 있는 법을 통해 사법적으로 문제를 해결하자는 것이지요. 그렇게 되면 나는 쓸데없는 증오감을 가지거나 직접적인 행위를 하지 않고도 일을 해결할 수 있을 것입니다. 이 방법이 좋은 것은 개인적인 카르마를 만들지 않는다는 데에 있습니다. 사회가 나를 대신해서 사법적으로 복수 아닌 복수를 해주기 때문에 그렇습니다.

잊지 말아야 할 것은 어느 경우에도 새로운 카르마를 만들거나 가지고 온 카르마를 부풀리는 일을 하지 않도록 노력하고 또 노력해야 한다는 사실입니다.

이전 생에 하던 일을
이번 생에도 하게 되나요?

내 천직을 찾아
진정으로 행복해져기

우리는 이 생을 살면서 별일이 없는 한 일정한 직업을 가지고 살아갑니다. 그래서 카르마 법칙을 공부하고 있는 여러분은 자연스럽게 '내가 지금 하고 있는 일은 전생과 무슨 관계가 있을까?' 하는 질문을 던질 수 있습니다.

이것은 카르마의 연속성과 관련된 질문입니다. 카르마 법칙에 따르면 별다른 요인이 없으면 우리는 이전 생에 하던 일을 이번 생에도 계속해서 한다고 합니다. 이 점은 앞에서 간간이 언급한 것입니다만 매우 상식적인 이야기라 하겠습니다. 한 생 동안 계속했던 일이니만큼 그에 대한 정보가 당사자의 의식에 얼마나 많이 저장되었겠습니까? 그 정보는 그대로 다음 생으로 전달될 것이고 다음 생에서도 그렇게 저장된 정보에 따라 움직일 테니 이전 생과 비슷한 직업을 택하는 것은 당연한 일일 것입니다.

이와 관련해서 케이시는 많은 사례를 들고 있습니다. 물론 검증할 수 있는 이야기는 아닙니다만 그중 하나만 들면 이렇습니다. 어떤 여성이 마사지사로 유명했는데 그녀의 전생을 조사해 보니 무려 만 년 이상 이와 관련된 일을 한 것으로 드러났습니다. 그 이력을 다 볼 수는 없고 두드러진 예만 본다면, 로마 시대에 살 때 그녀는 목욕탕과 마사지실에서 감독관을 지냈다고 합니다. 이번 생과 거의 같은 일을 한 것이지요. 더 나아가 만여 년 전 이집트에 살 때는 미라를 만드는 일을 거들면서 인체의 내부 구조나 약초 등에 대해 많이 배웠다고 하네요. 이집트 때의 전생까지 나오는 게 황당하긴 해도 흥미로운 예라 하겠습니다.

어떻든 직업에 연속성이 있어 일이 이렇게 되는 것은 매우 그럼직하게 보이지 않습니까? 이 여성은 이번 생을 살면서 전생에 대한 기억은 전혀 나지 않을 겁니다. 그러나 그녀의 무의식에는 마사지나 인체, 건강에 좋은 약초 등에 대한 정보가 가득하겠지요. 그 같은 상태에서 이번 생을 살다가 그녀는 우연히 마사지와 관계된 현장을 접하게 되었습니다. 이때 그녀는 이상하게 그 일에 강하게 끌리게 됩니다. 살면서 어떤 일에 이렇게 깊은 관심을 가져본 것은 처음입니다. 그래서 그녀는 그 일에 대해 더 알아보았고 그러다 마침내 마사지 일을 배우기 시작했습니다. 일을 다 배운 후 다른 사람들에게 마사지 시술을 하는 동안 그녀는 항상 마음이 편안했습니다. 자신이 하고 싶은 일을 하고 있다는 생각이 들어 그런 느낌에 젖었던 것입니다.

이 여성의 경우에는 바로 마사지사가 천직이라 할 수 있습니다. 우리에게는 모두 이 같은 천직이 부여되어 있습니다. 카르마 법칙에 따르면 우리는 모두 천직을 가지고 태어났고 그 일을 할 때만이 진정한 행복을 느낄 수 있습니다. 그만큼 천직을 찾는 것은 중요한 일입니다. 그런데 천직은 어떻게 찾을 수 있을까요?

지금 하고 있는 일이 천직인지 아닌지를 알 수 있는 방법은 어려울 것 같지만 외려 단순합니다. 우선 그 일을 하고 있으면 마음이 편안하고 신이 나며 보람을 느껴야 합니다. 무엇보다 그 일을 하고 있을 때 어떤 의심도 들지 않아야 합니다. 그러면 일단 그 일은 천직이라고 할 수 있습니다.

그렇지 않고 만일 '내가 왜 이 일을 하지?'와 같은 의문이 생기면 그 일은 천직이 아닐 확률이 높습니다. 자신에게 부여된 고유의 길을 갈 때에는 어떠한 의심도 생기지 않기 때문입니다. 가수를 해야 할 사람이 자동차를 팔고 있으면 그는 항상 '여기는 내가 있을 데가 아닌 것 같은데'와 같은 의문이 들 것입니다. 그러면 그 직업은 그 사람의 천직이 아닙니다.

반대로 어떤 사람은 자동차 파는 일을 아주 재미있어할 수 있습니다. 그러면 그 사람에게는 자동차 딜러가 천직이 됩니다. 물론 이렇게 딱 떨어지지 않는 경우도 많습니다. 지금 하는 일이 아주 좋은 것은 아니지만 그렇다고 아주 싫은 것도 아닌 경우 말입니다. 그런데 이런 기분이 든다면 그 일은 천직이 아닙니다. 분명히 자신이 가장 좋아하고 잘하는 일이 따로 있습니다. 그것을 찾아야 합니다.

물론 천직은 변할 수도 있습니다. 이럴 때는 자연스럽

게 그 흐름을 따라가면 됩니다. 어떤 재벌 총수처럼 처음에는 싸전(쌀 파는 집)으로 시작했다가 자동차를 수리하는 공업사로 갈아타고 그러다 결국은 자동차 만드는 공장을 세우는 등 천직은 이런 식으로 바뀌기도 합니다. 이처럼 누구에게나 천직을 찾는 과정에는 흐름이 있을 터이니 그 흐름을 잘 타서 천직을 찾아내야 하겠습니다.

이 카르마 법칙에 따른 직업의 연속성은 제 경우에도 딱 들어맞았습니다. 저는 전공이 종교학인데 이것은 희귀한 전공이라 할 수 있습니다. 그런데 저에게는 가장 적합한 전공이었습니다. 저 역시 카르마의 흐름을 타고 가다 보니 이 전공으로 귀착되더군요. 전생을 본다는 사람들의 의견을 들어보니 제 전생 가운데 드러난 것은 대부분 종교와 관계되는 것이었습니다. 그들이 말하는 제 전생은 대강 이런 것이었습니다. 제가 고대 이집트 시대에는 신관이었고, 또 중동에 살 때에는 신들의 전쟁을 수행한 사람이었으며, 고려 시대에는 승려였다는 식이었습니다.

이런 이야기들이 이성적으로는 모두 허무맹랑하게 들렸지만 공연히 마음이 끌리는 것을 부정할 수는 없었습니다. 왜냐하면 이 전생들이 대부분 종교와 관계되어 있었기 때문입니다. 저는 아마 전생으로부터 영향을 받아서 이번 생에 남들이 잘 하지 않는 종교학을 전공한 것 같습니다. 제가 종교를 공부하면서 보람을 느끼고 의심 없이 즐거워한 것은 물론입니다. 여러분도 다 비슷한 처지일 테지요. 이 대목에서 자신이 이번 생에 택한 직업이 천직인지 아닌지 한번 점검해 보시면 어떨까요?

나의 진정한 고향은
어디인가요?

지상에 오기 전에 있었던
영적 세계

여러분은 제가 앞에서 이 지상을 지구 학교라고 하고 우리는 가능한 한 빨리 이 학교를 졸업해야 한다고 했던 말을 기억하실 겁니다. 그런가 하면 이 지상은 아주 '빡센' 훈련장이라고도 했습니다. 학교는 물론 좋은 곳입니다. 우리는 대부분 학창시절에 대해 좋은 기억을 갖고 있습니다. 그런데 역설적이게도 학교는 졸업했을 때 그 의미를 발하게 됩니다.

학교에서 생활하는 것이 아무리 좋아도 그곳에 영원히 있을 수는 없습니다. 학교란 사회로 나가기 위해 학습하고 훈련하는 곳이라 중간 단계에 불과합니다. 방금 전에 이 지상은 훈련장이라고 했지요? 훈련장은 잠시 머무는 곳이라 그곳에 영원히 있을 수는 없습니다. 가령 논산 훈련소에서 받는 신병 훈련을 군 복무를 하는 내내 받을 수는 없지 않습니까? 하루빨리 훈련을 마치고 자대에 배치받아 군인으로서 역할을 해야 하지 않겠습니까?

제가 사람들에게 이렇게 학교나 훈련장은 거쳐 가는 중간 단계라고 말해주면 모두들 수긍합니다. 그런데 이 지상에서의 삶도 학교나 훈련장에서처럼 거쳐 가는 것이라, 지상은 임시 거주처일 뿐 우리는 가능한 한 이곳을 빨리 떠나야 한다고 말하면 고개를 갸우뚱하는 분들이 많습니다. 이해가 잘 안 된다는 것이지요. 당연한 반응입니다. 이것은 대부분의 사람들이 이 지상의 물질적인 세계만 존재한다고 생각하기 때문입니다.

이 물질계는 눈에 보이고 손에 잡히는 유일한 세계이기 때문에 그렇게 생각할 수 있습니다. 그래서 사람들은 지상의 물질적인 가치, 즉 돈이나 섹스, 권력, 향락, 물욕 등에 빠져 그런 삶에 충실하게 삽니다. 그런데 그렇게 사는 이상 우리는 이 지구 학교를 졸업할 수 없습니다. 영원히 이 오욕汚辱의 세계에서 벗어나지 못하고 번뇌 망상 속에서만 살게 될 것입니다. 이게 이른바 중생들의 삶이지요.

이러한 삶은 우리의 진정한 고향이 이 지구 학교가 아니라 지구 학교를 졸업한 다음에 가는 영적인 세계라는 사실을 알지 못하기 때문에 반복되는 것입니다.

사람들은 자신을 생각할 때 육신을 먼저 떠올리고 그 육신을 '나'라고 생각합니다. 그런데 이 육신은 결코 내가 아닙니다. '나'는 일단 내 영혼이라고 할 수 있습니다. 앞에서는 이 영혼을 원인체라고 했지요? 육신은 내 영혼이 지상에서 활동하기 위해 입는 '지구 옷earthly suit'일 뿐입니다. 우주에 나가면 우주복을 입어야 하듯이 이 지상에 거주하려면 육신이라는 옷을 입어야 합니다. 그러다 이 육신이 너무 낡아 영혼을 담아놓을 수 없게 되면 영혼은 육신을 버리고 떠납니다. 이것이 바로 죽음이지요.

우리가 입는 옷에 비유해서 생각해 봐도 좋겠습니다. 우리가 육신을 '나'라고 생각하는 것은, 입고 다니는 옷을 자신이라고 생각하는 것과 같습니다. 우리는 옷이 내가 아니라는 것을 압니다. 그래서 옷이 낡으면 미련 없이 버립니다. 육신도 마찬가지입니다.

이제 이 사정을 제대로 알았다면 우리는 육신을 위해 지나치게 많은 돈을 쓰거나 과도하게 신경 쓰는 일을 삼가야 합니다. 육신은 건강하게 유지만 하면 되는 것이고 가능한 한 최소한으로 소비하면서 검소하게 살아야 합니다. 우리가 살면서 주력해야 할 일은 육신을 위하는 것이 아니라 영혼을 성장시키는 일입니다. 이에 대해서는 앞에서 누누이 전했습니다.

이런 관점에서 보면 우리의 고향은 지구일 수 없습니다. 지구는 많은 것을 체험하면서 배우고 카르마를 해소하기 위해 오는 임시 거처일 뿐입니다. 우리의 진정한 고향은 우리가 이 지상에 오기 전에 있었던 영적 세계라는 것이 선지자들의 견해입니다. 그런데도 대부분의 사람들은 이 지구가 자신의 고향인 줄 착각하고 있습니다. 그래서 사람들에게 고향을 물으면 '내 고향은 충청북도 음성'이라는 식으로 말합니다. 그러면서 그 지방에 대해 대단한 향수를 갖습니다. 그런데 이 말은 정확한 묘사가 아닙니다. 그냥 '내 고향은~'이라고 할 것이 아니라 '이번 생의 내 육신의 고향은~'이라고 해야 합니다. 그렇지 않습니까? 음성이라는 지역은 이번 생에 태어난 곳이지 이전 생이나 내생과는 아무 관계가 없으니 말입니다.

우리가 이 지구 학교에 오는 이유는 지상이 아니면 풀수 없는 카르마를 해소하기 위해서라고 했습니다. 지상에서 만든 카르마는 같은 지상에서 풀어야 합니다. 만일 지상의 카르마가 다 풀리면 우리는 영적 세계에서 새로운 삶을 시작하게 됩니다. 이 영적 세계가 어떤 곳인지를 설명하려다 보니 조금 유예되는 바가 있습니다. 현재 그 세계에 대한 기억이 나지 않기 때문입니다. 제가 지금까지 배우고 연구해 본 바에 따르면 저도 이 지상에 태어나기전에 분명히 그곳에 있었습니다. 그런데 우리는 이 지상에 태어나면서 그 세계에 대해서 기억하지 못하도록 처방을 받습니다. 그래서 신기하게도 우리는 아무것도 기억하지 못합니다.

우리가 이전 생은 물론이고 영혼들의 세계에 대해서 기억하지 못하는 데에는 나름의 이유가 있습니다. 그것은 우리가 이전 생에서 가져온 과제, 즉 카르마를 풀려고 할때 새로운 시도를 해보라는 뜻입니다.

우리는 언제인지는 모르지만 이전의 생에서 그 생에 할당되었던 과제를 푸는 데에 성공하지 못했습니다. 그런

까닭에 그 과제는 최적의 조건이 형성된 이번 생으로 넘어왔습니다. 그런데 만일 이전 생에서 그 과제를 대했던 방법이 생각나면 어떻게 되겠습니까? 아마 또다시 그 방법을 쓰려고 할 겁니다. 그러면 또 실패하겠지요? 따라서 이번 생에서는 새로운 시도가 필요합니다. 그러려면 이전 생에 대한 기억이 나서는 안 된다는 것입니다. 나름대로 설득력이 있는 견해라고 생각합니다.

사정이 어떻든 우리가 이번 생에 자신에게 주어진 카르마를 훌륭하게 풀어내고 지구 학교를 무사히 졸업했다고 합시다. 그렇게 되면 이것은 그야말로 대박입니다. 우리 인간의 인생에서 가장 중요한 일을 해낸 것이기 때문입니다.

지구 학교를 졸업하면
어디로 가서 무엇을 하나요?

유유상종 원리에 따라
사랑과 기쁨이 넘치는 곳에서

이제 여러분은 지구 학교를 졸업한 영혼들이 어디로 가서 무엇을 하는지 궁금하실 겁니다. 이것이 바로 이번 장에서 다룰 주제입니다. 그런데 지구 학교 졸업자들이 가는 곳에 대해 말하기 전에 명확하게 해둘 것이 있습니다. 졸업한 영혼들이 가는 곳과 아직 졸업하지 못한 영혼들이 가는 곳은 엄연히 다르다는 사실입니다. 두 곳 모두 영계인 것은 같지만 차원이 다릅니다. 달라도 아주 많이 다릅니다.

또 한 가지 밝혀야 할 게 있는데 그것은 이 영혼들의 세계에 대해 말할 때에는 선지자들의 가르침을 참고해야 한다는 것입니다. 앞에서 말한 대로 저는 보통의 중생에 속하는 평범한 영혼이라 영혼들의 세계에 있었을 때의 기억이 나지 않습니다. 물론 저도 역행 최면을 받아보면 그때의 기억이 되살아날 수 있겠지만요.

어찌 되었든 지금 저는 영혼들의 세계에 대해 아무 기억도 갖고 있지 않습니다. 따라서 영성이 높은 선지자들의 친절한 설명에 의거하는 수밖에 없습니다. 또 이 방면을 연구했던 학자들의 연구도 참조하려고 합니다.

한 가지 더 말씀드리자면 영혼의 세계는 나름대로 복잡하게 구성되어 있기 때문에 이 한정된 지면에서 그 전모를 상세히 밝히는 것은 무리라는 점입니다. 따라서 여기서는 아주 간단하게만 보려고 합니다. 이 주제에 대해서는 제가 졸저 《죽음의 미래》(2011)에 상세히 밝혀놓았으니 궁금한 분들은 그 책을 참조하시면 좋겠습니다. 그럼 시작해 보겠습니다.

선지자들의 증언에 따르면 우선 영혼들이 거주하는 세계는 시간과 공간의 제약이 없는 자유로운 곳이라고 합니다. 우리는 지상에 내려와 육신이라는 옷을 입으면서 모든 면에서 제약을 받습니다. 한 차원 낮은 곳으로 내려왔기 때문에 이는 어쩔 수 없는 일입니다. 그러다가 우리가 죽음을 맞이하면서 육신을 벗으면 한없이 자유로워지고 기쁨이 넘친다고 합니다(생전에 악행을 일삼은 사람은 꼭 그렇지는 않을 것입니다).

육신을 벗고 나서 우리가 어느 정도로 자유로운가 하면, 우리가 어떤 곳을 가고 싶다고 생각하면 그 즉시 그곳에 가 있습니다. 순간이동을 하는 것이지요. 영혼은 앞서 말한 것처럼 '의식이 있는 에너지체'라 시간과 공간의 제약을 받지 않습니다. 예를 들어 내가 서울에서 임종을 맞이해 영혼이 육신을 빠져나왔습니다. 그때 목포에 사는 딸이 보고 싶다는 생각을 하면 그 순간 나는 딸에게 가 있게 됩니다. 서울에서 목포까지의 물리적인 거리는 전혀 의미가 없습니다. 이것은 굳이 선지자들의 말을 빌리지 않더라도 근사체험자들의 체험을 통해서 쉽게 알 수 있는 사실입니다. 그들도 똑같은 이야기를 하고 있기 때문입니다. 이 점에 대해서는 이미 많이 알려져 있어 더 이상의 설명이 필요 없을 것입니다.

그다음이 중요합니다. 선지자들은 이구동성으로 영혼

들이 사는 세계에 통용되는 대원칙은 '유유상종'이라고 주장합니다. 비슷하거나 같은 수준의 영혼들이 끼리끼리 모여 산다는 것이지요. 왜 이런 상황이 되는 것인가는 한 번만 생각해 보면 알 수 있습니다.

영혼은 에너지체라고 했지요? 에너지에는 각기 다른 파동(혹은 진동)이 있습니다. 수준이 높은 영혼일수록 이 파동이 빠르고 그래서 더 빛이 난다고 합니다. 그런데 파동이 빠르든 느리든 영혼들은 자신과 파동이 비슷한 영혼들만 만날 수 있습니다. 영혼의 파동이 많이 다르면 서로 옆에 가까이 가는 것조차 힘들다고 합니다. 그래서 이 세계에서는 파동이 비슷한 영혼들끼리 무리 지어 살 수밖에 없는 것입니다.

사실 이 유유상종의 법칙은 지상 세계에서도 통용됩니다. 우리가 평소에 가깝게 지내는 사람들은 영혼의 파동이 비슷한 사람들입니다. 다시 말해 영혼의 수준이 비슷하다는 것이지요. 파동이 다른 사람은 이 지상에서도 만나기 힘듭니다.

예를 들어 여러분은 영화에 그렇게 자주 나오는 조직폭력배를 만나본 적이 있습니까? 아마 없을 겁니다. 그들은 우리와 영혼의 파동이 너무 달라 만날 일이 거의 없습니다. 그들(의 영혼)의 파동은 우리의 파동보다 느릴 것이라는 게 더 정확한 표현일 겁니다. 따라서 우리가 설혹 그들을 만나더라도 파동이 달라 서로 튕겨 나갈 것입니다. 쉽게 말해 만나지 못한다는 말입니다. 그렇지 않고 만일 내가 그들과 어울릴 수 있다면 그것은 양자가 서로 파동이 비슷하기 때문입니다.

다시 지구 학교로 돌아와서, 이 지구 학교를 졸업한 영혼들은 영적으로 매우 성숙한 영혼입니다. 더 이상 지상에 내려오지 않아도 되는 이들은 항상 다른 영혼을 어떻게 도울지에 대해서만 생각하는 보살 같은 존재입니다. 그런데 유유상종의 원리에 따라 이 영혼들은 자기들끼리만 모이게 됩니다.

그러면 그들이 있는 곳은 어떤 곳이 될까요? 온통 사랑의 존재들만 모여 있으니 그곳은 사랑과 기쁨만 넘치는 곳이 되지 않겠습니까? 지구 학교를 졸업했다는 것은 인간의 부정적인 감정, 즉 증오나 시기 같은 마음을 더 이상 갖지 않는 단계에 이르렀다는 것을 뜻합니다. 이런 감정이 있으면 카르마를 짓게 되기 때문에 그 해소를 위해 지상으로 내려가야 합니다.

그런데 지구 학교를 졸업한 영혼들은 카르마를 발생시
키는 감정을 넘어섰기 때문에 지상으로 환생하지 않습니
다. 이 영혼들은 부정적인 감정을 갖는 것이 인간의 본성
에 어울리지 않는다는 것을 알고 있어 자연스럽게 그런
감정을 갖지 않습니다. 그래서 그들이 거주하는 곳은 가
히 천당이라 불릴 만합니다. 그곳의 아름다움은 지상과
차원이 달라 지상에 사는 인간의 언어로는 표현하기 힘들
다는 것이 선지자들과 근사체험자들의 주장입니다.

그러나 지구 학교를 졸업했다고 해서 그들이 인간 진
화의 끝에 다다른 것은 아닙니다. 인간 진화의 종착점은
불교적으로는 깨달음이라 할 수 있고 그리스도교적으로
는 신과 완벽하게 하나가 되는 경지라 할 수 있습니다. 지
구 학교를 졸업했다고 해서 그들이 그러한 깨달음의 경지
에 다다른 것은 아닙니다. 그들은 단지 지상에서 만들었
던 카르마를 모두 해소한 것뿐입니다. 그들은 이 영혼들
의 세계에서 계속해서 배움의 과정을 겪어야 합니다.

그 배움 중에 가장 중요한 것은 다른 영혼들을 돕는 일
일 것입니다. 이 점은 앞에서 마스터라는 존재에 대해 소

개할 때 이미 언급했습니다. 그런데 재미있는 것은 우리 보통의 영혼들은 이 마스터 영혼에 가까이 갈 수 없다는 사실입니다. 이 영혼들은 지닌 파동이 매우 빠르기 때문에 엄청나게 빛이 나는데 그게 너무 밝아 우리가 근접할 수 없는 것이지요.

그렇다면 이 영혼들은 우리 같은 보통의 영혼들을 어떻게 도와줄까요? 다행히 그들은 우리에게 가까이 올 수 있습니다. 자신의 영혼이 지닌 파동의 진동수를 내려 우리와 비슷하게 만들면 우리 곁에 올 수 있는 것입니다. 그래서 우리가 진심으로 도와달라고 빌면 그 순간 그들이 우리 곁으로 다가온다고 하더군요. 그런데 만일 우리가 이런 청을 하지 않으면 그들도 우리를 도울 수 없다고 합니다. 우리가 그들을 생각하면 그제야 그들도 우리의 영혼과 파동을 맞추는 일이 가능해지는 것입니다.

영혼들의 세계에서는 이렇게 쌍방의 파동이 맞아야 만날 수 있습니다. 지구 학교를 졸업한 그들은 이렇게 우리를 돕고 나면 다시 자신들이 거주하는 천당 같은 세계로 돌아가겠지요.

'소울 스캐닝'이란
무엇인가요?

협진으로 나의 카르마 알아내기

여러분은 '소울 스캐닝soul scanning'이라는 단어가 생소하실 겁니다. 그 뜻은 말 그대로 소울, 즉 영혼을 스캐닝하는 것입니다. 이것은 제가 고안한 개념인데, 병원에서 하는 것처럼 몸만 스캐닝하지 말고 가장 중요한 우리의 영혼을 스캐닝하자는 것이지요. 그러니까 영혼을 층별로 스캐닝해서 그 안에 있는 정보를 캐내어보자는 것입니다. 여기서 스캐닝이라는 단어는 단지 비유적인 표현입니다. 실제로 영혼을 '켜켜이' 잘라보자는 것은 아니지요. 영혼에 무슨 단면이 있겠습니까? 그저 속속들이 보자는 의미입니다.

소울 스캐닝은 자신의 카르마를 읽기 위한 작업입니다. 나의 카르마를 왜 알아야 한다고 했습니까? 카르마를 알아야 내가 이 지상에 태어난 목적을 달성할 수 있기 때문입니다. 이 목적이란 이번 생에 내가 반드시 풀고 가야 할 과제를 해결하는 것이라고 했습니다. 그래서 자신의 카르마를 알아내는 것이야말로 인생에서 가장 중요한 일입니다.

그런데 이 일이 쉽지 않습니다. 영능력자가 아닌 이상 한 사람의 카르마를 알아내는 일은 아주 어렵습니다. 그 사람의 무의식을 읽어내는 작업이기 때문입니다. 이렇게 자신의 카르마를 알아내는 작업이 어려우니 소울 스캐닝을 해보자는 것입니다. 소울 스캐닝은 자신의 카르마를 영능력 등으로 직접 알아내는 것이 아니라 간접적인 방법으로 파악하는 접근법입니다.

지금까지 인류는 자신의 운명을 알아내기 위해 간접적인 방법을 많이 고안해 냈습니다. 소울 스캐닝은 그 방법 가운데 대표적인 것들을 골라 동시에 활용하는 방법입니다. 한 개인의 운명 혹은 카르마를 알아내기 위해 여러 가지 방법을 써서 접근해 보자는 것입니다. 개인의 카르마는 쉽게 알아낼 수 있는 것이 아니기 때문에 다양한 방법을 함께 써보자는 것이지요.

이것은 흡사 의사들이 환자 한 명을 놓고 의국醫局에서 협진協診하는 것과 비슷하다고 하겠습니다. 질병은 한 가지 원인으로 생기는 게 아닐 뿐만 아니라 그 증상 역시 다양하기 때문에 한 가지 분야만 적용하면 정확하게 진단하는 일이 어렵습니다. 그래서 다양한 전공의 의사들이 각 분야의 관점에서 병의 원인과 증상에 대해 협진하는 것이지요. 그렇게 종합 토의를 거쳐야 병에 대한 확실한 진단과 처방이 나올 것입니다.

그러면 소울 스캐닝을 하기 위해 어떤 방법들을 활용할 수 있을까요? 그 대표적인 방법을 동서양으로 나누어서 일별해 보지요. 우선 동양 것부터 보면, 가장 일반적인 방법으로 사주로 푸는 명리학이 있습니다. 이것은 음력 생년월일(그리고 태어난 시간)을 가지고 사람의 운명을 예견합니다. 이 명리학을 제대로 하려면 많은 공부가 필요한데 특히 사례 연구를 많이 해야 한다고 합니다. 생년월일시만으로 사람의 운명을 알아내는 일이 어디 쉽겠습니까? 어떤 대가의 말을 들어보니 이 일을 제대로 하려면 적어도 2만 명 이상의 사주를 보아야 한다고 하더군요. 그만큼 임상이 중요하다는 이야기이지요.

동양의 방법 중 그다음으로 잘 알려진 것은 주역점입니다. 이것은 괘를 뽑아 운명을 알아보는 방법인데, 중요한 것은 괘를 뽑을 때 순수하고 간절한 마음으로 임해야 한다는 것입니다. 자신의 이익을 염두에 두고 삿된 마음으로 임하면 정확한 점괘가 나오지 않는다고 합니다. 이보다 훨씬 더 어려운 것은 그 괘를 해석하는 일입니다. 이것은 아무나 할 수 있는 일이 아니지요. 상당한 직관력이 필요합니다. 그래서 주역점에 정통한 사람이 운세를 보면 그 결과가 상당히 정확하게 나옵니다. 이에 대해서는 제가 직접 확인해 본 적도 있습니다.

다음으로 볼 것은 서양의 방법인데, 여기에는 당연히 점성학이 가장 먼저 나와야 할 것입니다. 동양에도 점성학이 있지만 서양의 것이 더 유명합니다. 점성학은 천문 현상과 인간사가 관련되어 있다는 가정 아래 만들어진 학문 체계입니다. 이러한 체계는 과학계로부터 미신까지는 아니더라도 유사과학으로 폄하되기도 합니다.

그러나 인류가 이 방법을 오랫동안 신봉한 이유는 그

체계가 인간의 운명을 예측하는 데에 유효한 면이 있기 때문일 것입니다. 점성학에서도 가장 중요한 것은 해석입니다. 당사자의 별자리, 즉 천궁도天宮圖를 뽑은 후에 그것을 정확히 해석하는 것은 전문가만 할 수 있는 일입니다.

지금까지 소개한 세 가지 방법, 즉 명리학, 주역, 점성학을 동원해 당사자의 운명을 읽고 이것을 통합해 해석하면 한 사람의 운명과 카르마가 대략 나오지 않을까 합니다.

이러한 방법 외에도 소울 스캐닝을 하는 데에 활용할 만한 좋은 방법들이 더 있습니다. 예를 들어 성격이나 적성을 검사할 수 있는 MBTI 같은 것도 참고할 만합니다. MBTI는 융의 심리유형론을 기반으로 만든 것으로 사람의 성격을 16가지 유형으로 나눕니다. 제가 실제로 해보니 다 맞는 것은 아니었지만 번뜩이는 통찰이 나와서 꽤 도움이 되었습니다.

그런가 하면 주역과 점성학, 그리고 인도의 차크라 사상 등을 혼합해서 만든 '휴먼 디자인Human Design'이라는 프로그램도 자신의 성향을 아는 데에 도움을 줄 것입니다. 소울 스캐닝을 기획하면서 여러 가지 방법을 직접 접하던 중 저도 이 프로그램을 시도해 보았는데 역시 도움을 받을 수 있었습니다. 꽤 신뢰할 만한 프로그램이라 하겠습니다. 타로카드를 활용하는 방법도 있습니다. 저는 타로 점술을 그리 믿지 않았는데 어떤 때는 상당히 정확한 예측이 나오더군요.

어떻게 보면 미신처럼 보이는 이 같은 점술법들이 인류에게 전승되어 내려오는 데는 분명히 이유가 있습니다. 그러나 다시 한번 말하지만 해석이 가장 중요하다는 사실을 잊어서는 안 됩니다. 해석을 제대로 하려면 점술사가 훌륭한 영감을 갖고 있어야 합니다. 그냥 책에 나온 대로만 하면 깊은 면이 드러나지 않기 때문입니다.

마지막으로 역행 최면도 좋은 방법입니다. 아니, 소울 스캐닝을 통해 영혼의 속을 살펴 자신의 카르마를 알아내는 작업에 최면은 그저 좋은 방법이 아니라 가장 좋은 방법일 수 있습니다. 이유는 간단합니다. 사실 자신의 운명이나 성향 혹은 이번 생의 과제나 소명 등은 이미 자신이 다 알고 있습니다. 우리가 이것을 의식하지 못하는 것은 이런 정보가 우리의 의식으로는 감지되지 않는 무의식에 저장되어 있기 때문입니다.

최면은 우리를 이 무의식에 접속하게 함으로써 내가 직

접 나의 무의식 속에 저장되어 있는 정보를 대면하게 해 줍니다. 그래서 정확하고 효율적인 방법이라고 한 것입니다. 그런데 문제는 내담자가 자신의 무의식을 제대로 대면할 수 있게끔 인도해 주는 좋은 최면사를 만나기가 쉽지 않다는 것입니다. 저도 최면을 배워보고 책으로도 공부해 보았는데 아직 한국의 최면학계는 일천하기 짝이 없습니다. 그래서 효율적인 도움을 받는 게 쉽지 않은 실정입니다.

어떻든 이런 여러 가지 유효한 방법들을 동원해 한 사람의 소울 스캐닝 작업이 일차적으로 마무리되면 그다음 단계로는 그 사람이 태어날 때 가지고 온 카르마를 문서와 대화로 탐색하는 작업을 진행합니다. 이를테면 다음과 같은 질문들을 가지고 당사자와 면담을 해서 답을 얻는 것이지요. 자신의 삶에서 가장 중요한 인간관계가 무엇인지, 그동안 겪은 사건들 중에 어떤 것이 가장 중요한 사건이었는지, 무슨 일을 할 때 시간 가는 줄 모르는지, 가장 좋아하거나 싫어하는 사람이 누구인지 등등의 질문을 선정해 그에 대한 당사자의 대답을 모아둡니다. 이때 질문 목록이 중요한데 이는 일차 자료에서 얻은 정보들을 활용하기 때문에 사람마다 조금씩 다르게 나올 수 있습니다.

이 설문 작업까지 끝나면 소울 스캐닝의 마지막 단계가 진행됩니다. 이 단계에서 가장 이상적인 작업은 앞서 거론한 방법들을 수행한 모든 전문가들이 한자리에 모여 자신의 입장에서 당사자의 운명과 카르마에 대해 토의하는 것입니다. 이것은 의국이 아니라 점국占局이 되겠네요. 이때 각자 자신의 견해를 발표하고 다른 전문가들의 의견을 들으면서 수정하거나 보충할 사항들을 만들어봅니다. 이렇게 작업을 진행하다 보면 흡사 인생 퍼즐이 완성되어가는 듯한 느낌을 받을 것입니다. 부분만 보이던 당사자의 운명이나 카르마가 통합적으로 나타날 것이기 때문입니다.

한 인간(혹은 영혼)의 소울 스캐닝을 진행하는 데 있어 이같은 협진이 가능한 환상적인 팀이 만들어진다면 이는 시쳇말로 '인간학人間學의 어벤져스' 팀이라 할 수 있을 것입니다. 도인들의 연합체이니 말입니다. 이런 연합체 팀이 만들어진다면 대단히 흥미진진하고도 멋진 일일 것입니다. 제가 고안한 소울 스캐닝 프로그램의 목적과 전모가 바로 이런 것입니다.

그런데 제가 이 일을 직접 추진해 보니 현실의 벽이 엄청나게 높고 단단하다는 것을 알 수 있었습니다. 제가 생각한 대로 현실화하는 것은 거의 불가능하리라는 느낌도 들었습니다. 이런 팀을 실제로 만드는 데에는 여러 가지 현실적인 난관이 있었습니다. 우선 각 분야에서 진짜 전문가를 찾아내기가 힘들었습니다. 그다음으로는 전문가가 있다고 해도 이분들을 한데 모아 팀을 꾸리는 일이 난제 중의 난제였습니다. 이들은 모두 자기 분야에 대한 자신감이 넘쳐 다른 분야의 전문가들을 잘 인정하지 않았습니다. 프라이드가 강하다는 것인데 전문가로서 강한 자존감을 지키는 것은 좋지만 조금 지나친 경우가 많았습니다. 그런데 사실 가장 큰 문제는 재정적인 것일 수 있겠습니다. 돈이 충분하다면 위의 문제들을 다 해결할 수 있을지도 모르니 말입니다.

　이렇게 해서 소울 스캐닝에 대해 알아보았습니다. 이것은 매우 의미 있는 작업이기는 한데 동시에 너무 이상주의적인 일이라 하겠습니다. 그러나 이상을 간직하는 것은 훌륭한 일입니다. 이 이상이 언제 어떻게 실현될지 모르기 때문입니다. 이상을 갖고 준비하고 있어야 때가 오면 그 이상을 발현할 수 있습니다. 아무 생각도 갖고 있지 않으면 어떤 것도 실현할 수 없습니다. 그런 의미에서 어떤 미국인이 말한 '(소년들이여) 야망을 가져라'도 좋지만 '이상을 가져라'도 좋은 태도라 하겠습니다. 인간의 실상을 알아가는 과정은 비틀스의 노래 제목처럼 '멀고 험한 길 The Long and Winding Road'이라 이상이 없으면 헤치고 나아가기 힘들 것입니다.

내 카르마는
무엇일까요?

눈 밝은 사람들과
열심히 공부한다면

이제 카르마 법칙을 찾아 떠난 우리의 여행이 막바지에
이르렀습니다. 여기까지 함께 온 독자들은 이 카르마 법
칙에 대해 대강 기초적인 이해는 되셨을 겁니다. 그래도
무엇인가 허전함이 느껴진다면 그것은 이런 생각 때문이
아닐까 합니다. '내 카르마는 무엇일까'에 대한 궁금증 말
입니다.

우리가 행하는 모든 것은 나를 알기 위해 하는 것이니
이런 질문이 나오는 것은 당연합니다. 저와 계속해서 이
런 이야기를 나눴지요? 우리 인생의 목표는 내 카르마를

알아내서 이번 생에 풀어야 할 카르마는 풀고, 불필요한 카르마는 짓지 않는 것이라고요.

　내 카르마를 아는 방법에는 여러 가지가 있을 수 있습니다. 가장 쉬운 방법은 아마도 전생을 꿰뚫어 보는 도인 같은 분을 만나는 것일 테지요. 이게 가장 쉬운 방법이긴 한데 문제는 이런 분이 우리 주위에 있느냐는 것입니다. 저는 지금까지 60여 년을 살면서 아직 이런 분을 만나지 못했습니다. 어느 정도 영적인 능력을 가진 분들은 많이 만나보았지만 사람의 전생을 확실하게 아는 신통력을 지닌 분은 본 적이 없습니다. 사정이 이런 것은 아마 제 탓이 클 겁니다. 제가 불순하고 미천한데 어떻게 그처럼 고결한 분을 만날 수 있겠습니까? 우리의 삶은 유유상종의 법칙이 지배하고 있다고 했습니다. 우리는 서로 성향이 닮아 있고 수준이 비슷한 사람만을 만날 뿐입니다.

　내 카르마를 알아내는 그다음 방법으로는 미국의 경우처럼 영매 유의 사람을 만나서 그를 통해 고급 영혼들과 교통하여 카르마 법칙에 대해 이야기를 듣는 방법이 있습니다. 한국에서는 무당이 가장 대표적인 영매라고 할 수 있습니다. 그런데 무당 계통과 관계없이 전생을 읽어주는 분들도 있습니다. 저는 이런 분들도 알고 있는데 그분들이 말해주는 제 전생 이야기는, 물론 검증할 수는 없지만 지금의 저를 이해하는 데 많은 도움이 되었습니다.

어떻든 이 방법도 좋기는 한데 가장 중요한 것은 적절한 분을 찾는 것입니다. 전생 이야기는 자칫하면 허랑방탕虛浪放蕩한 쪽으로 흐를 수 있습니다. 그래서 이 방면에 정확한 지식과 출중한 능력을 갖춘 분을 만나야 패착을 줄일 수 있습니다.

미국의 경우를 보면, 능력이 출중한 영매가 수십 명 내지는 수백 명의 내담자를 모아놓고 그들의 전생을 읽어준다거나 고인이 된 영혼들과 연결해 주어 많은 사람들을 '힐링'해 줍니다. 한국에는 아직까지 그런 모임이 있다는 소식을 접해보지 못했습니다. 한국에 교회가 많은 것으로 보아 한국인들은 영적인 문제에 관심이 많을 것 같은데 영매(무당)와 관련된 공적인 모임은 이처럼 없으니 이상할 따름입니다.

우리의 카르마를 알 수 있게 해주는 그다음 방법은 역행 최면입니다. 이에 대해서는 앞에서 와이스 등의 연구를 언급하면서 많이 설명했지요? 그래서 크게 덧붙여 이야기할 것은 없습니다. 다만 여러분의 이해를 돕기 위해 제 경험을 이야기해 보지요. 저는 카르마 법칙을 공부하면서 시도해 봐야 할 것은 다 해볼 심산으로 진즉에 전생으로 역행하는 최면도 받아보았습니다. 제 경우에는 이 방법도 이번 생의 저를 아는 데에 도움이 되었습니다.

최면을 받는 도중에 어떤 이미지가 떠올랐는데, 그게 진짜 전생인지 아닌지는 알 수 없습니다만 한 번도 본 적이 없는 유럽의 왕궁이 느닷없이 떠올라 의아했지요. 그 이미지는 지금도 집중하면 곧잘 생각납니다. 다만 그게 어느 시대인지 어느 곳인지를 전혀 알 수 없었기 때문에 검증할 생각은 애당초 하지 못했습니다. 게다가 그 이미지가 선명한 게 아니라 아주 희미했기 때문에 검증하기가 더 어려웠습니다. 그러나 그때 최면에서 본 이미지는 잊히지 않습니다. 이런 주제에 관심을 갖고 몇 권의 책을 읽은 사람들은 최면만 하면 전생이 쉽게 떠오를 것이라고 여기기 쉬운데 제 경우에는 전혀 그렇지 않았습니다.

어찌 되었든 역행 최면 역시 전생 체험을 통해 카르마를 읽어낼 수 있는 좋은 방법입니다만 여기에도 비슷한 문제가 있습니다. 여러분도 눈치채셨을 겁니다. 앞에서 언급한 것처럼 한국에는 이 분야를 전문으로 하는 최면사가 거의 없다는 것입니다. 자꾸 미국을 예로 드는 것이 마음에 걸리지만, 미국에서는 최고의 학벌을 가진 와이스 같은 엘리트 정신과 의사가 역행 최면을 통해 환자들을 영적으로 치료하고 있습니다. 그에 비해 한국에서는 이런 사례를 찾기 힘듭니다. 역행 최면을 하는 정신과 의사가 있기는 한데 이 주제를 놓고 전문적으로 수십 년 동안 파고든 의사는 없습니다.

이와 관련해 그다음에 대두되는 문제는 이 역행 최면은 한두 번 해서 되는 것이 아니라는 사실입니다. 한 사람의 전생이 얼마나 장대한데 한두 번의 최면으로 어떻게 다 알아낼 수 있겠습니까? 어떤 경우에는 수십 차례가 필요할지도 모릅니다. 그러려면 재정도 부담이 되고 끈기와 의지도 많이 필요합니다. 또 최면사 혼자서는 이 작업을 감당하기 힘듭니다. 꼼꼼한 기록이나 촬영 등을 위해 적어도 두 명 이상의 팀이 만들어져야 하는데 이것 역시 간단한 문제가 아니지요.

지금까지의 설명을 종합해 보면 카르마를 알아내는 방법은 꽤 많지만 현실적으로는 모두 활용이 쉽지 않아 보입니다. 그러나 걱정하지 않으셔도 됩니다. 방법이 있습니다. 자신의 카르마와 소명을 읽어낼 수 있는 보다 더 현실적인 방법은 이 주제에 관심이 있는 사람들끼리 모여서 공부하는 것입니다. 요즘 말로 '스터디'를, 그것도 진지하게 하자는 것이지요. 방법이 다소 의외인가요? 여럿이 같이 모여 이 주제를 다룬 책을 엄선해서 읽고 스스로 자신의 카르마를 밝혀보자는 것입니다. 이렇게 하면 내 카르마를 반드시 알아낼 수 있을 것입니다.

다만 여기에는 눈 밝은 이가 있어서 안내를 해주어야 합니다. 일반적인 상식만 가지고는 이 공부를 계속할 수 없기 때문입니다. 그렇게 인생의 선임자가 해주는 안내를 받으며 열심히 공부하면서 다음과 같은 작업을 함께 한다면 자신의 카르마를 아는 데 큰 도움이 될 것입니다. 함께 할 작업이란 다른 게 아니라 앞서도 언뜻 언급한 것으로 자신의 인생을 반추하면서 카르마를 파악하는 데 도움이 될 만한 질문을 만들어 진지하게 대답하고 풀어보는 일입니다. 이 질문들 가운데 후보가 될 만한 일부를 소개하면 다음과 같습니다.

나는 누구와 제일 가까운가?

내가 가장 좋아하는 사람은 누구인가?

내가 가장 싫어하는 사람은 누구인가?

내게 가장 많은 영향을 준 사람은 누구인가?

내 삶의 향방을 결정한 사건은 무엇인가?

나는 어떤 일을 할 때 가장 즐거운가?

내가 가장 두려워하는 것은 무엇인가?

......

이 질문들은 당사자가 누군지에 따라 보강되고 세세해질 것입니다. 그러나 위 질문들에 대한 답만 가지고도 깊게 파보면 분명히 여러분이 이번 생에 지니고 태어난 카르마를 대강이나마 알 수 있을 것입니다. 이와 함께 앞에서 소울 스캐닝 프로그램을 소개할 때 나온 방법들을 활용해도 좋겠습니다. 즉, 자신의 별자리를 뽑아보든지 사주를 보든지 아니면 MBTI나 휴먼 디자인 같은 현대적인 프로그램을 직접 시도해 보는 것이지요.

그런데 다시 말씀드리지만 이런 일을 할 때에는 반드시 전문가가 곁에 있어야 합니다. 앞에서 말한 방법들을 가능한 한 많이 시도해 본 뒤 그 결과를 가지고 전문가와 상담해야 합니다. 혼자서는 해석하기가 어렵기 때문입니다. 이렇게 하면 여러분이 미처 파악하지 못했던 자신의 성향과 카르마, 그리고 이번 생의 소명이 무엇인지를 알 수 있을 것입니다. 부디 독자 여러분 모두 좋은 성과를 이루어 크게 도약하시길 바라며 이 책의 본문을 마치겠습니다.

카르마 법칙은 항상 내 편!

이제 정말로 카르마 법칙을 찾아 떠난 여행을 마치려고
합니다. 노파심에 마지막으로 강조하고 싶은 게 있습니
다. 카르마 법칙은 결코 우리를 징벌하는 법칙이 아니라
는 사실입니다. 카르마 법칙이 종국적으로 원하는 바는
우리의 영혼이 성장하는 것, 그것뿐입니다. 특히 우리가
도덕적으로 온전한 사람이 되는 것을 목표로 우리를 안
내하고 있습니다. 카르마 법칙이 그러는 이유는 간단합니
다. 우리가 진정한 인간이 되기 위해서는 도덕적으로 타
락해서는 안 되기 때문입니다. 이것은 세계의 모든 고등

종교가 한결같이 주장해 온 바입니다. 세계 종교들은 모두 선행을 강조했을 뿐만 아니라 누구든지 용서하고 사랑하라고 가르쳐왔습니다. 그런데 이것을 실행하려면 카르마 법칙을 알아야 합니다.

우리가 이 법칙을 알면 우선 남을 괴롭히는 일을 하지 않을 것입니다. 어떤 식으로든 다른 사람을 괴롭히면 카르마 법칙이 관여해서 내게 고통을 주기 때문입니다. 우리 인간은 본성적으로도 다른 사람을 괴롭히면 안 되게 되어 있습니다. 그런데 우리가 이것을 어기고 다른 사람을 괴롭히면 바로 카르마 법칙의 제재가 들어옵니다. 언행을 바로잡으라는 경고이자 기회인 것이지요.

그렇게 다른 사람을 괴롭히면 그 상대도 고통을 겪지만 내 성품도 상하기 때문에 어느 누구에게도 이로울 게 없습니다. 그래서 카르마 법칙이 관여하는 것입니다. 그러나 지혜로운 사람이라면 솔선해서 행동거지를 바르게 할 테지요. 이런 사람들은 카르마 법칙의 제재를 받을 일이 없을 것입니다.

카르마 법칙을 잘 이해하고 있는 사람들은 여기서 그치지 않습니다. 남을 괴롭히는 일은 당연히 하지 않을 뿐만 아니라 더 나아가 남을 돕는 데에도 인색하지 않을 겁니다. 이렇게 해야 하는 이유 역시 앞의 경우와 같습니다. 이런 행동이 나에게 이롭기 때문입니다. 다른 사람을 용서하고 돕는 것이 내게 가장 이로운 일이라는 말입니다. 그런데 나에게만 이로운 것이 아니라 다른 사람에게도 이로우니 얼마나 좋은 일입니까? 이것이 바로 불교에서 말하는 자리이타自利利他, 즉 자기를 이롭게 하고 남도 이롭게 하는 행위입니다.

카르마 법칙은 우리에게 바로 이 자리이타의 길로 가라고 끊임없이 종용하고 있습니다. 이 법칙은 우리가 진화를 마칠 때까지 우리를 보호해 줄 것입니다. 그런 의미에서 그리스도교에서 말하는 '신은 사랑이시다'라는 가르침은 타당하다고 생각됩니다. 신은 카르마 법칙을 통해 인간이 원래 지니고 있는 신성divine nature을 찾을 때까지 인간을 돌보아주기 때문입니다. 우리는 그 같은 신의 큰 뜻을 믿고 카르마 법칙에 따라 삶을 운용하면 되겠다는 생각입니다.

여행을 마치기 전에 다시 한번 강조하고 싶습니다. 카르마 법칙은 항상 우리 편에 있습니다. 무조건 내 편입니다. 지금 내 앞에 펼쳐진 상황이 어떻든 간에 카르마 법칙은 내게 가장 좋은 환경을 만들어주고 있습니다. 여러분이 지금 매우 힘든 상황에 처해 있다고 하더라도 카르마 법칙은 여러분을 좋은 방향으로 이끌기 위해 최적의 조건을 만들어주고 있다는 사실을 잊지 마시길 바랍니다. 지금 이 순간이 최고입니다.

따라서 우리가 해야 할 일은, 그때그때마다 카르마 법칙이 나에게 부여하는 일이 무엇인지를 알아내는 것입니다. 물론 그것을 알아내지 못하고 실수를 반복할 수 있습니다. 그럴 때에도 낙담할 필요가 전혀 없습니다. 기회는 다시 오기 때문입니다. 카르마 법칙이 환경을 수정해서 우리에게 또다시 기회를 줍니다. 그렇게 하다 보면 우리는 언젠가 카르마 법칙이 전하고자 하는 뜻을 알아낼 수 있습니다. 그 뜻을 알면 우리는 그만큼 성장하는 것입니다. 독자 여러분 모두 이 일에 성공하시길 두 손 모아 빌면서 긴 여정을 마칩니다.